读客®文化

一个死后成名的画家又回来了

张寒寺 著

江苏凤凰文艺出版社
JIANGSU PHOENIX LITERATURE AND
ART PUBLISHING

图书在版编目（CIP）数据

一个死后成名的画家又回来了 / 张寒寺著 . —— 南京：
江苏凤凰文艺出版社 , 2023.3
ISBN 978-7-5594-6938-0

Ⅰ . ①一… Ⅱ . ①张… Ⅲ . ①长篇小说 – 中国 – 当代
Ⅳ . ① I247.5

中国版本图书馆 CIP 数据核字 (2022) 第 108210 号

一个死后成名的画家又回来了

张寒寺　著

责任编辑	王昕宁
特约编辑	景柯庆　　王心怡
封面设计	章婉蓓
责任印制	刘　巍
出版发行	江苏凤凰文艺出版社
	南京市中央路 165 号，邮编：210009
网　　址	http://www.jswenyi.com
印　　刷	三河市龙大印装有限公司
开　　本	890 毫米 × 1270 毫米 1/32
印　　张	7.75
字　　数	174 千字
版　　次	2023 年 3 月第 1 版
印　　次	2023 年 3 月第 1 次印刷
标准书号	ISBN 978-7-5594-6938-0
定　　价	59.90 元

江苏凤凰文艺版图书凡印刷、装订错误，可向出版社调换，联系电话：010-87681002。

目 录

引　子

除了颜料之外，空气中还有一股尿味。

他不愿开口，也不想听那个人说话，扯了一块画布过来，团成一团，塞进了对方的嘴里。

他看着他，不知道该说什么，心里有些恍惚，也有点害怕。他在说服自己：把这事做成，有钱，有地位；做不成，身败名裂，流亡海外。

他看着手里的刀，鼻尖几乎贴到刀刃上。这把刀新近打磨过，锋利，并且冷峭。

他又看了看被捆住的人——他们解释过了，这件事理所当然，没有人可以识破，也不会有法律上的风险。

他们说了，窗帘很厚，玻璃隔音，而且天色已晚，不会再有客人登门。

他审视他的身体，眼窝、脖子、胸口、小腹，想着究竟哪个部位更脆弱。

他放下刀，双手合十，以向祖先祈求勇气。

但是，没有人会帮他，这是他表达忠诚的唯一方式。他吸了吸鼻子，重新将刀拿起来。对方开始挣扎，伴随呜咽。

他嘴里发出嘘声，安慰对方，也安慰自己。

他先尝试了两次，没有成功，第三次，他避开对方的眼睛，终于得手。血喷了出来，咕噜咕噜地，好像壶中烧开的水。

他使出全身力气压在他身上，直到对方不再发出声音。他长出一口气，睁开眼睛，看见不远处蹲了一个人，正举着手机，做了个"OK"的手势，示意他已录下全程。

第一章

画家与骗子

排队的人进去了一半，苏青还没到，也没回消息，他只好拨通她的电话。

没人接。曹洵亦不安起来。忽然，他看见远处一只高高举起的手，手腕上的镯子反射着阳光。他放下电话，也招了招手。

苏青长得漂亮，笑容迷人，很招异性喜欢。相比之下，曹洵亦就普通许多，他刚够一米七，长得无功无过，又穷得很，唯有画画这件本事上得台面，但这么些年了，也没画出名堂。

苏青走到近前，曹洵亦一眼就看出她有心事。他问："怎么了？"

"我们去那边坐坐。"

一张咖啡圆桌，两人相对而坐。曹洵亦弯腰弓背，苏青抱胸靠后。服务员拿着菜单站在一旁，沉默半晌之后，走了。

曹洵亦看得出来，苏青在犹豫。她活泼好动，说话也多，这会儿迟迟不开口，一定是有件很大的事情。

"我们分手吧。"苏青说。

那一瞬间，曹洵亦仿佛听到十米之外，雪糕包装纸被人捏成一团丢进垃圾桶，再慢慢展开的声音；也清晰地听见，苏青身后的梧桐树上，一只蜘蛛顺着蛛丝爬向猎物，猎物奋力扑打着翅膀。

他不知该说什么，只是捏着菜单折起的一角，试图将它抚平。

"不能再拖了，对你、对我都不公平。洵亦，你是个特别优秀的画家，真的。我相信你会取得成就。只不过……唉，我不能再等了。你不要说我物质，这个社会就是这样的，钱的确可以解决很多问题，不是说我需要好多钱，而是……你明白吗？"

曹洵亦说："只要今天能见到他，我的机会就来了，我有信心的。再给我一年，嗯，半年，行吗？"

苏青说："别说了，什么事都是有始有终的，该散了。"

曹洵亦说："你有别人了？"

苏青说："不管我说什么，你都要推理，何必呢。这个画展我就不陪你看了，你等了那么久，我不想给你留下不愉快的回忆。"

曹洵亦说："已经留下了。"

苏青站起身："再见。"

曹洵亦抬起头，看了苏青一眼。他想尝试一下，当心中有了怨恨，还能不能感受到她的美貌——是的，她还是那么美。如果她肯收回她刚才的话，他甚至会毫不犹豫地原谅她。

服务员过来了，要求他必须消费。

"一杯咖啡。"

"刚才坐了两个人。"

"一杯摩卡，一杯美式。"

他又坐了一阵，盯着桌面的凸起处，把它想象成夕阳下的孤山。

站在画展中，曹洵亦还想着分手的事情。他自称画家，但作品没进过美术馆、没进过拍卖行，就连这种级别的展览，他也只能当个看客。

他不过是个自称画家的骗子罢了。

曹洄亦在这幅画前站了好一会儿，哪怕只看过简明美术史，也能一眼看出它属于抽象表现主义，并且笔触有模仿德·库宁[1]的痕迹——残缺、短促，富有力量感，但不同的是，每一笔的长度、宽度，甚至倾斜角度都近乎相同，便显得有些呆板。

他盯着作者的照片，想象他临摹德·库宁的样子。

旁边的看客开始说话了，从抽象表现主义的源起说到它传入中国后的流变，从纽约评论界的批判说到代表画家的反击，最后终于提起这幅画的作者，说他失了右臂，以残疾之身继续绘画事业，笔触表面模仿德·库宁，实则是对自己不幸命运的写照——那些简短而重复的线条，仿佛行军的鼓点，铿锵有力，鼓舞人心。

看客说得绘声绘色，周围人也都听得啧啧称奇，感叹天才不易。

"宽容是对艺术的侮辱。"曹洄亦把这句话说出了口。

看客皱起眉头："这位先生有什么高见？"

曹洄亦吞吞吐吐说了半天："艺术的水准不因实现它的主观难度而改变，重复前人的创造并无独特的价值，机械单调的工作应该交给机器而不是人，只有人才是艺术唯一的主体……"他说完最后一句话的时候，人已经走了大半。

"我听懂了。"看客下了断言，伴随着其他人的嘲笑，"你嫉妒。"

1　20世纪美国抽象表现主义艺术家，代表作有"女人"系列。——作者注（本书注释如无特别说明，均为作者注。）

曹洵亦涨红了脸，他试图反驳，但人群早已散去。他又看了那幅画一会儿，还是看不出它的高明之处。

快门声传了过来，曹洵亦转过头，看见那个戴贝雷帽、蹬马丁靴，头发雪白的男人——那才是他无论如何也要来看展的原因。他叫龙镇，是有名的收藏家、策展人兼节目主持人。近十年，经他提携，二十多个年轻艺术家崭露头角，办展的办展，送拍的送拍，他本人也成了艺术圈首屈一指的人物。

龙镇正朝这边走过来。曹洵亦解下背上的画筒，小心地打开，又小心地将藏在里面的画取了出来。他的动作很慢，生怕一个不小心损伤了画布。

龙镇站在距离曹洵亦一米之外的地方，待后者展开油画的一角，他抬起手，示意保安赶人。

"龙老师，我是美术学院毕业的曹——"保安拽开了他，曹洵亦没能说全自己的名字。龙镇没有看他，仿佛他并不存在。

曹洵亦被赶出了展厅。他蹲在墙角，忽然有了便意，忍不住笑起来——他想，要是用手里的油画擦屁股，它就算是一件既有解构性又富自嘲精神的艺术品，应该被装裱、被展览，被贴到美术学院的校友窗里去。

转了两圈，曹洵亦找到了厕所，打开最靠里的那个隔间——看见一个坐在马桶上的男人，西服敞开，被皮筋和塑胶套固定的右臂格外显眼。

"对不起。"曹洵亦赶紧关上了门。虽只匆匆一瞥，但他还是可以确定，这就是模仿德·库宁的作者。

曹洵亦的画廊开在小商店一角，出于店主的同情。

画廊附近是酒吧街。每到夜晚，空气里总有春情和醉意，一些来自星辰，一些来自秽物。艺术家到此受孕，没日没夜，与风尘，与梦幻，与怀才不遇，与"朝闻道，夕死可矣"。

曹洵亦想换个清净的地方，但他没钱。废城大，居其不易，他不得不留在这里。此地没有主顾，只有在店里买烟的过客，点火的刹那，瞥一眼他的画，几秒钟时间，留下的印象还不如对香烟包装上的图案深刻。

这是个死循环，曹洵亦知道这一点。

他又买了泡面和火腿肠，店主还换了一些新鲜的台词——"四年啦，小曹，我都要弄个超市了，你还是老样子，唉。"

那声叹气，曹洵亦听得很明白，是赶人的意思。

曹洵亦住在小店楼上，十平方米，一张行军床，一张圆桌，一把椅子，剩下的全都和绘画有关。画架贴墙而立，颜料堆在窗边。除了约会，他不爱出门，平日就窝在屋里画画，画他的情绪、观点和体验。暗红的悲伤、相互支撑又相互刺破的思潮，以及正在勃起的自杀者，一个比一个抽象，一个比一个难懂。

泡面吃了一半，店主来了。她说采购的货物周二就到，希望曹洵亦提前搬走。曹洵亦翻出合同——一张四年前盖上手印的A4纸——租约还有三个月，自己并无过错，如果非要搬走，店主得退还租金，并赔偿违约金。

说到"退还租金"的时候，店主脸上还挂着假笑，等到"赔偿"两个字冒头，她便开始还击："一开始，我是看你可怜，现在就剩可恨了，你还赖着干吗？你好歹一个大学毕业生，跟我惦记几千块钱，说出去丢不丢人？按规矩，租金都是季付，最后三个月早开始了，住一天也按一季算，哪有退钱的道理？你要赔偿金是吧，找街道办啊，看他们站哪边。你暂住证早过期了，当我不知道？"

曹洵亦败下阵来，只好同意搬走。他关上门，盯着画布愣了会儿神，又在阳台上抽了半包香烟，这股憋屈劲就算过了。他是艺术家，是阿Q的脊梁。

曹洵亦出了门，又坐地铁回学校。废城美术学院位于一众工科、政法院校的包围之中，算当地名胜。校内校外人流不息，他们或者用画室，或者谈恋爱，或者吃食堂，再或者，像曹洵亦一样，隔三岔五回去讨债。

讨债是一桩苦差，何况债主是自己的老师。

学院有个老师叫汪海，专攻美术史，但并不会画画。他生了一个不中用的儿子，玩到高中，汪海看这小子出不了头，便请人捉刀几幅作品，好到国外混个文凭。

他请的捉刀人就是曹洵亦。曹氏擅长模仿，左一笔威廉·透纳[1]，右一笔卡斯帕·弗里德里希[2]，能唬住不少人。

两人谈好五千元一幅，包含原料、画材等杂费，毕竟是自己老师，曹洵亦就没要合约和定金。等到画作交割，一幅《水边的阿佛洛狄忒》，一幅《高棉之月》，连同汪海儿子的资料一并送给留学中介，遛了一圈，竟然没有哪个学校上当。只有曹洵亦上当了，汪海对报酬之事绝口不提。曹洵亦又受了传统艺术的荼毒，以提钱为耻。一个不提，一个不敢，一直耗到毕业。毕业之后，曹洵亦找过汪海几回，竹篮打水一场空，一分钱没见着。

---

1 18—19世纪英国浪漫主义风景画家，代表作《米诺陶战舰的倾覆》《被拖去解体的战舰无畏号》。

2 19世纪德国浪漫主义风景画家，代表作《凝月》《雾海上的旅人》。

进了汪海的办公室，曹洵亦坐在沙发上，抬头就望见墙上那幅《水边的阿佛洛狄忒》——角上还有汪海儿子的签名。

半小时之后，汪海出现了。两人对视一眼，不需多言，也都知道对方在想什么。

曹洵亦说："汪老师，我最近缺钱，那笔钱您也该结了。"

汪海说："孩子，瞧见我这口子了吗？上周刚缝的，大肠癌。"

曹洵亦说："汪老师，您注意身体。这年头，大家日子都不好过。房东要赶我走，我得找地方住，手头紧。"

汪海说："洵亦啊，俗话说，救急不救穷，我这病赶着花钱呢。你去朋友家挤挤，等老师缓过来了，亲自上门看你，怎么样？"

曹洵亦说："汪老师，'救急不救穷'好像不是这个意思。一万您拿不出来，先给五千，行吗？"

汪海说："来来来，你过来，我给你看这医药费单子，刨除医保，我得付多少，现在看个病有多贵。你还年轻，身体好，没见识过，我让你见识一下。"

曹洵亦说："老师，我不用看，我没这笔钱，就得睡马路，咱美术学院的毕业生睡马路，传出去丢学校的脸，是不是？就算为了学校，您就给两千，意思意思。"

汪海瞪大了眼睛，说："你都毕业四五年了，干什么事跟学校没关系，别动不动就代表学校。跟你同届那几个，出画册的、做导演的、画漫画的，哪个不是年轻有为、日进斗金？咋就你这么没出息，还搁我这提那些陈谷子烂芝麻。别说睡马路，光是你这个人就够丢脸了！"

艺术家都敏感。童年有阴影，成年有创伤，全身上下按哪哪疼，动不动就惹人烦心。曹洵亦被他说得没了底气，那些比自己有本事的同届学生，他当然听说过。画漫画的那位，光动画版权就卖了一千万元。上次聚会，他开跑车来的，散场后，他把曹洵亦送到了地铁站，还教他怎么关跑车的车门。

汪海还在说个没完："王希孟[1]画《千里江山图》的时候只有十八岁，达·芬奇[2]和他老师画《基督受洗》也差不多这个年纪，丢勒[3]在你这岁数，自画像传遍全欧洲！啊，你说你，到底有什么用？"

对于最后的疑问，曹洵亦思考了一下——一下之后，他站起来，朝汪海扑了过去。

何畏不怕专家，只怕流氓。

上大学以前，何畏梦想成为动物学家。几乎每个暑假，他都在乡下度过，钓鱼、捉虫、烤兔子、炒田螺，最让他怀念的莫过于跟他上山下河的土狗，它是他童年最忠实的观众。

事与愿违，又或是命运无常，他最后竟然上了美术学院。没有天赋，也不够勤勉，仗着人缘不错，他勉强上到大三，再被学校开除。出了校门，他又回到动物中，身边不是狡猾的狐狸，就是愚蠢的猪，还有老实的牛、冷漠的猫以及随波逐流的羊群。

1　北宋画家，宋徽宗的学生，英年早逝，《千里江山图》是他十八岁时的作品，也是唯一传世的作品。

2　文艺复兴时期意大利博学者，历史上最著名的艺术家之一，在绘画、音乐、建筑、数学、解剖学、物理学、地质学等十多个领域均有建树。代表作《蒙娜丽莎》《最后的晚餐》。

3　文艺复兴时期德国画家，自画像之父，代表作《骑士、死神与魔鬼》《圣杰罗姆在书房》。

何畏一直记得一个生物学名词——生态位。每一种动物或植物，之所以没有灭绝，是因为它牢牢占据着自然界内属于它的位置。这个位置有适宜它生存的温度、空间、食物，甚至还有可以控制其数量的天敌，种种要素，缺一不可，如果有一丝一毫的偏差，就会导致灭顶之灾。从某种角度来说，进化史就是一部生态位的填充史，它就像一场宏观视角下的"抢椅子"游戏，成功的物种坐在椅子上，代代繁衍，失败的物种则退出游戏，归于尘土。

这么多年了，不是水土不服，就是天敌太多，适合自己的生态位，何畏始终没有找到。

这是一种自洽却残酷的人生信条，何畏笃信于此，从未怀疑，要不然，他也不会落到此刻的境地。

眼下没人信他了，再痴迷古董的老头子，也会因为儿子到场而变得沉默。何畏已经与他们交锋了两小时，口干舌燥，离他最近的一瓶水被握在别人的手里，随时都会泼到他的脸上。

何畏在古董卖场开了铺子，收入刚够温饱。他最豪爽的主顾——这位自称有皇族血统的那姓大爷，已经照顾他生意多年，从皇帝的痒痒挠，到妃子的红肚兜，乃至太监、宫女对食的文书，不论荒谬与否，那老爷都来者不拒，仿佛越是这些鸡毛蒜皮的玩意儿，越能补全他的皇朝想象，不至于在白日梦中活得太过干瘪。

如果他的儿子不出现，这桩买卖可以持续到那老爷入土，带着无数的陪葬品——虽然都是假的。

"假"是那老爷儿子的说法，也不是头一遭了。自从做了这桩生意，何畏的生活就不缺辩论。他发明了一套辩论体系，对方稍微懂行，他就搬出美院的选修课，从历史、工艺、轶闻，挨个儿胡侃一遍，总能把人侃晕；对方若是门外汉，他就拿逻辑与哲学说事，世事无绝对，看人不能看表面，我乃高人，大隐隐于市，凡此种种，也能让人乖乖掏钱。

可惜，那儿子不一样，他是个穿桃红T恤还要撩到腋下露出乳头的壮汉，不懂艺术，也不懂哲学，他只信拳头。老爷子的棺材本买了一堆废品，吃不能吃，用不能用，不是被骗是什么？至于单价低廉，就算是普通工艺品也该值这个价，老头子花钱多是因为他买得多，那儿子是不会在乎的，他的诉求很简单——退货、退钱。

何畏不曾遭遇这样的局面，在他的生态位里，食物和敌人都经过精心挑选，他偏安于此，只做老年人生意，也只提防文物局——更何况，按照法律，文物出土即归公，他这个行当卖假不犯法，卖真倒可能惹事，所以，安全原本是有保障的。

谁承想，老头子的儿子会较真，还是个脾气暴躁、拳头梆硬的主儿。他提起何畏的衣襟，一拳打穿何畏用歪理组建的防线，再一拳碾碎何畏以诡辩锻造的护甲。便是满桌上下那些他用以维持尊严的工艺品，也被一扫而空，碎成汉唐，断作明清。

警察来了，协调双方私了。何畏估摸了上医院的费用，打碎的东西就算了——前提是父子两人不再纠缠，买卖已成，没有退回的道理，那儿子不敢跟警察闹，丢下两百块钱，也就去了。

从医院回来，把残片碎渣收拾干净，又重新布置了一番，再送走几个闲客，太阳就落山了。何畏把躺椅搬到门外，就着一本小说，打算看到睡着。困意还未袭来，就被一声招呼打断。他看了来人一眼，缩回一只脚，手指在脚趾缝间搓了搓："你又来了。"

"何老板，我这可是带礼物来的，不给点面子？"

来人叫胡涛，是新鸟网文化频道的主编。与往常一样，他又穿了一件新鸟网的企业文化衫。

何畏也不起身，钩过来一个板凳，推到胡涛跟前："这次又是啥，月饼还是粽子？去年的还没吃完呢。"

"那就慢慢吃，怎么样，最近生意还好吗？"

"有个屁生意，都怪你们这些人，把老百姓的文化水平都提高了，谁还上我们这儿来？"

"哈哈哈，何老板真幽默。"

"你有屁就放，每次见面都说我幽默，也没见你为幽默付钱。"

"还是我们节目的事，我们开发了新系列，第一期还差一个嘉宾，要不你帮帮我？"

"不弄古董了？"

"嗐，爱看古董的都是中年往上的，我们琢磨着还是要吸引年轻人。所以呢，新系列的主题就是——"胡涛挪动板凳，往何畏跟前凑了凑，"绘画。"

何畏扑哧笑出了声："你逗我呢，谁告诉你年轻人爱看画画了？他们都爱看唱歌跳舞，鼻梁越高越好，穿得越少越好。"

"我知道啊，我有啥办法，杵在阳春白雪的位置，就得整阳春白雪不是？怎么样？你美院的，认识很多画家吧？最好是年轻的，没名气的。"

何畏想起一个人来，上个月还跟那小子喝酒吃肉，畅想画展要办多少平方米，也数落绘画界的种种不是——资本掌权，新人难进，大众审美普遍不高……聊到最后，酒喝没了，梦想也远了。"什么形式啊？不会跟砸古董一样吧？"

胡涛嘿嘿一笑："你说对了，还真一样。画家拿画出来，主持人和专家评价一番，有艺术价值的就估价，再送拍卖行，一条龙；没价值的，当场批判。"

　　"批判？你这个词也太隐晦了，你们碰到假古董，一锤子下去，砸得稀巴烂，老头子心脏病都要犯了。"

　　"做节目嘛，当然要有戏剧效果。我们的批判既有语言上的，也有行动上的，主要是帮观众发泄情绪，他们本来就对现代艺术有意见，看也看不懂，还卖那么贵，凭什么？"

　　何畏摇摇头，合上手里的马克·吐温："你们是爽了，画家怎么办？他们都是心高气傲、脸皮又薄的人。"

　　"给他们钱啊，一幅画一万，年轻人卖画很难卖出这个价吧？"

　　何畏又把马克·吐温的小说翻开。他昨天看完了《他是否还在人间》，羡慕闭塞的19世纪足以支撑如此荒唐的故事，放到现在绝无实现的可能，毕竟，一切都变了，唯有一件事——胡涛推了推他的手臂，他才抬起头，慢悠悠地问："他拿一万，我呢？"

第二章

新节目

还在美术学院的时候，何畏与曹洵亦就是朋友了。

曹洵亦爱画画，常常连吃饭都顾不上。何畏爱社交，爱喝酒，爱打着美院名头出去泡妞，爱在论坛跟人吵架。

曹洵亦太闷，别人不愿搭理，何畏高看他一眼，原因也很现实——曹洵亦能模仿他的画法，并稍稍改良，足以让他在期末逢凶化吉。

原本何畏也能借此混到毕业，可他仗着酒力，在校长办公室撒尿，被抓了现行，落了个开除学籍的下场。

"我就知道，那女的不是好东西。"何畏吐出一块鸡骨头，又将曹洵亦的酒杯倒满，"当初她为啥看上你？说白了就是抄底，等你涨个几倍、几十倍了，再套现，这种操盘女，分了也罢！干！"

曹洵亦喝了一小口，放下酒杯，长叹一口气，忽而又笑出来："以为是潜力股，结果是垃圾股。"

"你是潜力股，你当然是潜力股！"何畏剥了几颗毛豆塞进嘴里，不等嚼烂便吞了下去，"她现在清仓，那是她的损失！不过呢，话又说回来，分手这种事，不用看那么重，她虽然不是东西，你也犯不着跟她动手。"

"我没跟她动手。"

"那你这脸怎么回事？"

"汪海。"

何畏捏着一串鸡心，想了一会儿："哪个汪海？"

"教美术史的。"

"噢，想起来了！"何畏将鸡心一个一个撸进碗里，加了一把辣椒面，又倒了一勺麻油，"我上过他两门课，两门都挂了。"

"你要是没被开除，还得挂第三门。"

何畏哈哈一笑："那倒是，谢谢校长！你又去找他要钱了？"

"还能为了什么？"

"钱钱钱，又是钱，咱们咋就混得这么惨呢。我惨点也就算了，大学没读完，屁本事没有，好比草原上瘸了一条腿的斑马，旱季来了，跑不动，狮子来了，也跑不动，本来就该混吃等死，可你不一样啊，你是优美的大象——"

"还不都是食草动物。"

"放屁，大象没有天敌！我跟你说，这事啊，还是你调门起太高，有几个人看得懂你画的东西？你要是肯画俗的，指不定红成什么样呢。"

服务员端来了最后一道菜——烤脑花，嫩白的褶皱间流淌着油腻的汤汁，一把葱花点缀其上，看得人满口生津。

"来来来，趁热。"何畏一伸筷子，将脑花夹成两半，"吃完了，带你去洗桑拿。"

"我不玩那个。"

"净桑，放心哪！你们这些艺术家还真的是……跟你聊正事呢，会带你去那种地方吗？"

桑拿确实干净，水是清的，毛巾是新的，连半裸的按摩师傅都是男的。

"我跟你说，在这片儿，想找个净桑，比找荤桑难多了，这就叫劣币驱逐良币。艺术圈也一样，别人把功夫用哪儿的？往上要溜须拍马，往下要迎合到位，你呢？"

曹洵亦扯了扯胯上的毛巾："我已经脱了。"

"这才到哪儿？啥都没看着呢。"

"我现在连用色都向流行色靠拢。"

"你就是定位没找准，你的受众到底是谁？有钱没品位的人，又有钱又有品位的人，还是没钱也没品位的人？你别笑，这都是学问。你整天埋头画画，也不研究这些。这样吧，我给你指条明路，你听不听？"

"你说，我听着。"

"新鸟网知道吧？他们有一档新开的艺术节目，要年轻画家做嘉宾，展示自己的作品，然后专家点评，你挺合适的。"见曹洵亦没反应，何畏又补充了一句，"给钱，一万。"

曹洵亦还是没说话，他把整个身体没入水底，好一会儿，连个泡都不冒。

"你倒是说话啊，嫌少？"

曹洵亦这才探出头来："不是钱的问题，听起来，这节目好像要拿我寻开心？"

"有这个可能。"

"那你还让我去？"

何畏坐直身子，摆出一副布道的模样："你知道吗？人不能对抗食物链，大鱼只吃小鱼，吃不了小鸡。你要是小鸡，也不该下水。你一个搞学院派绘画的，跑旅游景点支摊，画肖像的老头儿都能灭了你。"

"没明白。"

"我是说，你要是继续在屋里躲着，就不光是出丑的问题了，还会把自己饿死。你得出来，得主动觅食，就算出了丑，也能让更多的人知道你，指不定就遇到伯乐！再说了，也不一定会出丑嘛，当场征服所有专家的人，凭什么不能是你？"

曹洵亦被他说笑了："是啊，凭什么不能是我？"

何畏也跟着笑，就像在大学时看到曹洵亦帮他考及格一样："这才对嘛，相信我，你的出头之日就要来了。"

"但愿吧，走了，脚底板都泡白了。"

"我是真不爱来这地方。"

曹洵亦盯着何畏手里的笔："那你可以不进去，也省得签字了。"

何畏一面在访客本上写了名字，一面摇头晃脑继续说道："我是一个特别有同情心的人，每次来这，就想捐款，偏偏又是个穷鬼，心有余而力不足。"

"没看出来。"

两个人并肩往院子里走，迎面见到一座小花坛，花坛里摆了几个字——"千汇福利院"，大概是年久失修，那个"福"字已经看不太清。

"曹洵亦，你要有良心啊，我哪次挣点小钱，没请你吃饭？你不也是从这出来的吗？我支持你，等于支持中国的福利事业，这还不够有同情心？"

"行吧。带钱了吗？"

"带了，每个月七号你都来，我能不提前准备吗？"

曹洵亦抿嘴一笑，像一个羞涩的学生："何畏，你确实是一个善良的人。"

"恶心。"

两个人说说笑笑，经过花园，又经过池塘，绕过一片小树林，直接来到最后面的平房，走进西边最靠里的房间——一个身形高大，穿格子衫的中年男人背对着他们，在桌子边摆弄着什么。

"老唐！"曹洵亦喊了一声。

男人转过身，脖子往前伸得很长，缓慢地将曹洵亦从上往下瞧了一遍："小曹？"

曹洵亦点点头，走到老唐面前，摸了摸他的耳朵："冰不冰？"

老唐嘿嘿一笑："不冰！不冰！"

何畏靠在门框上，翻个白眼："就玩不腻啊？"

曹洵亦剥开一块奶糖，塞进老唐嘴里："我估计到了七八十岁，我们都还不腻。"

"他活到七八十岁我不怀疑，你有点悬。"

"我死了，你的遗像谁画？"

"你活到四十一岁就行，我四十岁就精尽而亡！"何畏抬手按了呼叫铃。不一会儿，高跟鞋的声音在走廊上响了起来。

曹洵亦朝后竖了根中指，眼睛盯着老唐的桌面——他又在玩橡皮泥，像他们年少时一样，捏出来的东西一个赛一个地丑。曹洵亦拿起其中一只前粗后细的四脚动物，黑白红三色橡皮泥不规则地扭在一起，颇有点流行的撞色的感觉。

"牛，牛，牛！"老唐将两只手高举过顶，学起牛叫来，"哞！哞！"

曹洵亦摇摇头，二十多年了，老唐还是搞不明白牛的颜色。

"有人欺负你了？手上怎么回事？"

"没，没有。"老唐将手指伸进嘴里吮了一下，这也是曹洵亦教他的，用口水抹一遍，伤口就不会疼了，"我摔了，老师说，我自己摔的，自己摔的！"

穿高跟鞋的女人进来了，浓妆艳抹，手拿一面镜子："哎呀，也不是他自己摔的啦，他非要多抢一块蛋糕，照人头分的，哪还有多的嘛。别人不干，他一急，就把桌子给压塌了。"

老唐忽然起身，趴到床底下，撅着屁股扯出一个铁盒子，费劲打开盖子——屋里立刻散出一股酸臭气。"给，给你的！"

何畏捏着鼻子往里瞧了一眼："还真是蛋糕，多少天了？"

女人叹了口气："我说呢，抢那么卖力，原来是给你留的。"

曹洵亦尴尬一笑，接过铁盒，又瞧了瞧老唐的模样："说多少次了，我已经不住院里了，一个月也只回来一次，就算你要给我留，也该放冰箱里呀。"

何畏鼻子里哼气："真放冰箱，不给你冻成石头？"

老唐也不争辩，只顾点头。

"我刚吃过饭了，不饿，我带回去吃，行吧？"

老唐更用力地点头。

曹洵亦朝何畏递了个眼神，何畏会意，从腰包里拽出一个皱巴巴的信封，交给穿高跟鞋的女人："还是给老唐的。"

女人随手收进口袋："他不咋花钱，一日三餐都是院里包的，吃得也不多，每周买点零食就成，你们之前给的钱都还有剩。"

"你给他买点玩具，他想玩什么，你给他买。"

"买过，没几天就被人抢了，他人老实，嘴又笨，谁拿的他都说不明白，真要买玩具啊，可是个无底洞。"

曹洵亦坐到老唐旁边，用袖子擦去他嘴边的口水，拿起边上那一坨橡皮泥："老唐，我们今天捏个恐龙，怎么样？"

"不要恐龙，要河马，河马！"

"行，来个河马，莫名其妙，怎么还喜欢上河马了？"

老唐瞪大眼睛，两手张开："它拉好多好多屎！"

曹洵亦哈哈大笑，一旁的何畏却打了个呵欠。

"对了，有个人想见你，她跟我说，只要你一回院里，就立刻通知她，她晚饭的时候回来，你能待到那个时候吗？"

何畏抢先有了反应："还有一个多小时呢！"

"没事，你先走吧，我陪老唐玩会儿。"

曹洵亦一直等到夜里。他固然好脾气，却也动了肝火，就在他跟老唐一起吃了冰棒、荡了秋千、说了再见之后，那个人出现了。

"偶像，终于见到你了！我叫欧阳池墨，也是千汇福利院长大的，我跟你还是同行呢！"姑娘伸出右手，曹洵亦没有接。

"既然你忙，就别费事了。"

欧阳池墨笑了笑，两只眼睛弯成了月亮："你还挺刻薄，跟我想的不一样欸！"

"我只是知趣。"

姑娘点点头："对对对，是我不知趣，我向大画家道歉！"

“你讽刺我。”

姑娘双手合十，紧皱眉头：“天地良心，我向李宗盛和罗大佑发誓，我没有半点讽刺的意思！”

曹洵亦往前凑了一点——对方长了一张稚气未脱的脸，还扎了一对天线一般竖起来的辫子，仿佛不论她犯了怎样的错误，都应该获得原谅。

“随便吧，反正不认识，不跟你计较。”

“认识，认识的！我刚来福利院的时候就知道你了，你在这么艰苦的条件下，还考上了美术学院，成了画家！简直就是我的指路明灯！”

“我没见过你，你什么时候来的？”

“我从别的福利院转来的，先前那地方孩子太少，合并了，我来的时候已经十七岁了，正准备考音乐学院呢。嘻，你是不知道，音乐学院有多难考，乐器啦，识谱啦，视唱啦，还有表演，表演真的是难——”

“你考上了？”

欧阳池墨吐了吐舌头：“没有。”

“好吧。”

“所以呀，我才觉得你真的好厉害，我们这样的孩子，本来条件就差，还受到各种各样的偏见，能坚持读书的不多，考上大学的就更少了，要是再考艺术类呢，那真的要命，就算有点艺术细胞，平时也没机会学，哇，我真的想知道，你到底是怎么做到的？”

曹洵亦望着欧阳池墨的眼睛——他不得不承认，她长得挺可爱，浑身散发出的天真也能轻易攻破旁人的戒备。“我这只有失败的经验，你听了也没用。”

"有用，有用的！失败是成功之母，要不了多久，就会有越来越多的人欣赏你！"

"你挺乐观。"

"这就乐观啦？"

"你觉得人可以被理解，这不是乐观吗？"

欧阳池墨收起笑容，望着曹洵亦头顶的方向思索了一会儿："唉，你说得对，我的确太乐观了，都有点盲目了，总以为吧，我这么努力，也有点小聪明，就算考不上音乐学院，去酒吧唱唱歌，也能养活自己。结果呢，要不是院长通融，我早睡马路了。"

听她讲出这样的话，曹洵亦也不再生气了："如果你真喜欢，坚持下去，总会有回报的。"

欧阳池墨又笑了起来："你话不多，倒还能说到人心坎里，确实是这样吧，我太着急了。"

"好了，我也该走了，我还有事要处理。"

"什么事？"

"搬家，不快点搬的话，我也睡马路了。"

"哈哈哈，可以呀，到时候我们住马路对面，找个单行道，车少，不然卧谈的时候听不见。"

曹洵亦被她逗笑了："再教你一条——如果有挣钱的机会，一定要签合同。"

"我记住啦，曹老师！"

何畏住在东边的郊区，好些自由职业者都聚集于此，他们滞留在大城市，把自己浸泡在梦想的福尔马林里，以便有些活人的气息。

他在一栋小楼的顶层租了个三室一厅，一间造古董，一间存古董，中间是客厅，用他的话讲，这客厅就是历史，随便什么东西从中一过，就能有几百上千的年头。

曹洵亦同他收拾了一小时，把自己的画码放整齐，在客厅隔了块作画的空间，又在库房架了张行军床，单辟一个柜子放衣服，再把洗漱用品挤一挤，搞得跟情侣同居一样，就算安顿好了。

曹洵亦坐在一堆假古董当中，闻着空气里轻微的铁锈味，忽然想起还有一件事没跟何畏谈妥："房租多少？"

"骂我呢？"何畏一甩手，"你先住着，等你发达了，给我画一张裸像就行。"

"要多大？"

"比大卫的大就行。"

"脸盆那样？"

何畏在自己的裆部做了个下流的姿势，两人笑了一会儿。何畏问："昨天说的事情，下定决心了吗？"

"我能戴面具上台吗？"

"又不是坐轿子嫁人，捂那么严实干什么？你们不是特别看重署名权吗，怎么还主动放弃了？"

"因为很丢人。"

"一万不想要了？"

"想要，也想要尊严。"

"以你现在的情况，应该先考虑活下去，然后是出名，最后才去想什么尊严。"

"怎么讲？"

何畏把灯打开，灯光照在他的秃顶上，亮得仿佛悟了道："我今天就给你分析分析。"他张开双臂，雕塑一般僵硬了一会儿，忽然又竖起一根手指，"我跟你说，你不是画得不好，你是画得没特点。特点，你懂吗？"

曹洄亦摇头。

"现在是什么时代？互联网时代！互联网最大的特点是什么——奖励极端！你瞧见了吗？那些在网上一鸣惊人的人，都有一个极端的标签：要么好到极端，要么差到极端。就算只是好，也有不同的好法。拿唱歌来说吧，最土的能出名，最潮的能出名，最可笑的能出名，在选秀现场看起来最蠢、遭受最多恶评的，也能出名！那些唱得中规中矩、滴水不漏的人呢，谁在乎他们？"

"没懂。"

"我是说，你不缺技巧、不缺实力，缺名气！"

"但那是一个很臭的名声。"

"跟无人问津比起来，臭名昭著难道不是褒义词吗？"

"可是……"曹洄亦还在挣扎，"如果我的作品足够好，我为什么要出这种名？"

"你的作品好不好对互联网没意义！不是你画得好不好的问题，是——我该怎么跟你解释呢。"何畏双掌一击，"有了，你听过那个笑话没有，就卓别林看剧本那个？"

曹洄亦又摇头："没有。"

何畏点了根烟，将来历不明的故事娓娓道来："卓别林有一回遇到一个年轻编剧，编剧写了个剧本，交给卓别林过目，请他提点意见，卓别林耐着性子看完了。编剧问写得怎么样。卓别林说，如果你像我这么有名，写成这样是可以的，但你并不像我这么有名，所以，你要写得比这好很多很多才行。"

不知道卓别林候场的时候，是不是也像自己一样紧张。曹洵亦坐在安全通道的角落里，看着一双双鞋从他面前经过，发出不同节奏、不同性格的声响。

"你从没告诉过我，主持人是龙镇。"

何畏悄悄抽了一口烟，将烟雾吐在自己的衣服里："我哪知道这事对你这么重要啊？他不就是个穿得精神点的糟老头子吗，你怎么跟见了债主似的？"

"他不是个好东西。"

"你这善恶观还真朴实。我初二就不分人好坏了，只看胸大不大。再说了，大哥，你要这么想啊，如果等会儿他说你的作品好，皆大欢喜；如果他说你的作品不行，不是好东西的人批评你，说明什么？说明你是个好东西啊！哪头都是你赢，还想怎么样？"

"就你歪理多。"

舞台那边的灯光亮了起来，观众进场了。一个实习生跑到曹洵亦跟前，弯下腰，脸上带笑："曹老师，请您到嘉宾席就座。"

何畏一把将曹洵亦拽起来，拍了拍他的后背："听听，人家都叫你曹老师了，拿点自信出来，行不行？"

"嗯。"曹洵亦长长地吐了一口气，往前走了几步，掏出手机又瞧了一眼，两个多小时了，苏青没有回复他。欧阳池墨发了好友申请过来，他不想通过。

作为主持人，龙镇是一个很好的演员。他跟每个人都熟，嘉宾的生平、作品的深意，全都倒背如流；观众起哄，他也能借坡下驴，还以颜色。若不是之前在展览上和他打过交道，曹洵亦还以为他天生如此呢。

何畏说，名气是一种寄生虫，为了它的生存，被它寄生的人甘愿做任何事。

前两位嘉宾的作品乏善可陈，一件是复杂的装置艺术，一件是年代可疑的古董，纵使龙镇说得天花乱坠，也提不起观众的兴趣。

这样的节目真的有人看？曹洵亦看向观众席，一眼看到了何畏，他藏在人群里，缩着身子，像潜回案发现场的凶手。

"好，下面有请我们今天的第三位嘉宾——"龙镇念转场白的时候，工作人员朝曹洵亦做了个手势，示意他上场。

曹洵亦坐到了龙镇身边，后者沉默地盯着他，神情带了几分戏谑。曹洵亦缺乏面对这种场合的经验，不知该作何反应，只好抿着嘴唇，一会儿看观众，一会儿看镜头。

"你很紧张吗？"龙镇问。

"还好。"曹洵亦坐直后背，试图拿出艺术家的骄傲来。

"听说你是美院毕业的？"

"对，油画系。"

"噢，学院派呀。"龙镇往前坐了坐，睁大了眼睛——曹洵亦忽然有些心虚，他是不是还记得自己？"我跟学院派的人接触不多，我接触的都是自称学院派的骗子。"

"我不是骗子。"曹洵亦一本正经地回应。

"越来越像了。"龙镇笑了，观众也跟着笑，不等曹洵亦有反应，他转头对镜头说道："好，现在我们就来看看学院派的作品。你今天带了几幅画来？"

"一幅。"曹洵亦看见工作人员正将一个蒙着白布的展示架搬上台，"是我最近的作品，名字叫《噪声》。"

"你很自信，跟前两位不一样。你在学院的时候，老师们对你的评价是怎样的？"

"没什么特别的。"

"那不如我们来情景再现一下，各位请看大屏幕——"

屏幕上出现了汪海的脸，他的酒糟鼻位于镜头中央，像表示危险的按钮。他在办公室接受采访，就坐在《水边的阿佛洛狄忒》底下。"曹洵亦是我的学生，这个孩子很有天赋，他受抽象表现主义的影响比较大，同时也吸取了毕加索后期创作的一些特点。如果有机会的话，这个孩子是前途无量的。21世纪的中国油画界，人才本来就不多，以曹洵亦的水平，应该是可以代表中国跟全世界的艺术大师们交流一下的，这种一百年才出一个的天才，不应该就这样被埋没。"

过山车到站了，曹洵亦还没回过神来。看到汪海的那一刻，他原本心口发凉，以为他憋不出什么好屁，万万没想到他夸得如此卖力。观众坐在高处，眼神中却有了仰视的意味。曹洵亦两手在桌下握拳，握得生疼，疼得他咬紧牙关——如此一来，摄像机就不会捕捉到他沾沾自喜的表情。

"评价很高啊，你给了他多少钱？"

曹洵亦听出龙镇这句话是开玩笑，配合着大笑起来。

"那么，就让我们见识一下，可以代表我们中国、百年一遇的油画天才，究竟有怎样璀璨夺目的——"

龙镇的话没有说完，在他扯下展示架上白布的刹那，观众席上就有了笑声。龙镇自己也如石化一般，右手托着下巴，向前探身，做出猎奇的模样，忽然又转过身，望着后台的方向，大声问道："那个，是谁把餐桌布搬上来的？"不等工作人员回应，龙镇又对曹洵亦说，"对不起，曹老师，是我们的失误，我好好批评他们。"

"这就是我的作品。"曹洵亦说，喉头有些发干。

"你说什么？"

曹洵亦清了清嗓子："我说，这就是我的作品！"

龙镇侧着身子，以余光盯着摄像机——仿佛在和场外的观众密谋。持续数秒的静止之后，他突然捂住嘴巴嘻嘻嘻地笑了起来——曹洵亦在网上看过图片，知道这是龙镇的招牌表情，很多人认识他就是因为这种贱兮兮的嘲笑。

"你们听见了吗？他说这就是他的作品。"龙镇迈着小碎步跑到画的跟前，招呼摄影师将镜头拉近，"近一点，看到这个像睾丸一样的大墨点了吗，这是百年一遇的睾丸。还有这个，这摊血迹，应该是作者在画上拍死了一只蚊子，也是百年一遇的蚊子。哇，还有这，摄影师请给个特写，大家上学的时候用过涂改液吗？写错了字，就涂一层涂改液，效果跟这一模一样，逼真，太逼真了。"

随着龙镇的解释，观众席发出一浪高过一浪的笑声，比起之前两位嘉宾上台的时候，节目效果堪比马戏团，曹洵亦则成了一只钻火圈的动物。

这是彩排过的表演，曹洵亦安慰自己，但是外界的声音越来越响，盖过了他心里的声音——龙镇的皮鞋踩在地板上；摄影师转动摄像机，三脚架部件相互摩擦；观众笑得前仰后合，手掌用力地拍在大腿上；唯一不动声色的人是何畏，他坐在人群中，像是置身事外，又像一切早在他的意料之中。

"就算在节目上出丑，也能让更多的人知道你，指不定就遇到伯乐了！"

伯乐会在这帮观众里吗？他们当中有哪一个没有指着我发笑吗？伯乐会在屏幕之后吗？什么样品位的人才会看这样的节目，又怎么可能具备欣赏我的水平？曹洵亦忽然站起来，碰倒了屁股底下的凳子——哐当一声，演播室安静下来。

"笑够了没有？！你们不懂艺术，可以闭嘴，凭什么嘲笑我的作品？我这幅画里的美学思维，是从20世纪初一直连贯下来的，从——"

"抽象表现主义嘛。"龙镇打断了曹洵亦的辩白，不客气地将手指按在画布上，"你这个圆点，是从罗伯特·马瑟韦尔[1]的《西班牙共和国挽歌》里抄来的，这摊蚊子血的用色跟沃尔斯[2]的《凤凰2号》一模一样，还有你这些涂改液，在乔治·马蒂厄[3]的《到处都是卡佩王朝的人物》和杰克逊·波洛克[4]的《蓝棒》里都有过，你还没人家画得好，有什么了不起的？别以为只有你懂艺术，端着个怀才不遇的架子，百年一遇是吧？"龙镇打了个响指，工作人员端着颜料和画笔上来了。

龙镇卷起袖子，抓起画笔，饱蘸颜料，在曹洵亦的画布上左一道右一道地画起来，动作粗鲁，颜料撒得满地都是，他一边画，一边喊："这一笔，十年一遇。这一笔，二十年一遇。这一

1　20世纪美国画家，被认为是善于表达抽象表现主义的画家之一，代表作《西班牙共和国挽歌》。

2　阿尔弗雷德·奥托·沃尔夫冈·舒尔茨的化名，20世纪德国画家、摄影师，终其一生未得到广泛认可，但被认为是"抒情抽象"的先驱。

3　20世纪法国画家，被誉为"抒情抽象"运动的开创者。

4　20世纪美国画家，以独创的"滴画法"而著名，代表作《蓝棒：第11号》。

笔，三十年一遇……"

他喊得起劲，观众也乐得起哄，唯独曹洵亦僵在原地，忘了上前阻止。

手机响了，曹洵亦偷看一眼，是苏青发来的消息，回应他那句"我要上节目了，会有更多人看到我的作品，你要相信我"。消息只有两个字："恭喜。"

第三章

入侵物种

回去的车上，曹洵亦一句话也没说，只是歪靠着车窗，任由汽车的颠簸将脑壳震得生疼。

车子停稳，何畏熄了火，拔了车钥匙，解了安全带，两个人都没打算下车，何畏转头朝后排座位瞧了一眼。

"画呢？"

曹洵亦没说话。

何畏拽了一下曹洵亦的衣袖："问你呢，你的画呢？没带回来？"

曹洵亦转过头，翻了翻眼皮："扔了。"

何畏手按在方向盘上，用大拇指抠着皮层的连接处："是，都毁成那个样子了……"

曹洵亦开了车门，跳出车外，头也不回地往前走。何畏着急，三两步追了上去。

"你生气了？这帮孙子，唉，也是，哪有这么办事的——"

曹洵亦停下脚步，盯着何畏。

"你这眼神看得我有点发毛啊，我知道这事又晦气，又恶心——"

"你早就知道吧。"

"知道什么？"

"你早就知道他们会把我当丑角。"

"我不是跟你说清楚了吗？只是有这个可能，具体的，我也不知道啊。"何畏长叹一口气，"我知道你现在很不爽，换我也不爽，他们跟我说，这是个提携新人的节目，那个龙镇不也是这么个人设吗？我打心底认为你画得好，才保你去，我以为他们眼光挺好的呀，谁知道也是一帮睁眼瞎啊？！怨我怨我，我不该对他们抱有幻想。你说对了，这龙镇确实不是个好东西！"

曹洵亦还是瞪着他，瞪了好一会儿，才闭了眼睛，吐出一口气："你去跟他们说，把我那段剪了。"

两人进了电梯，何畏按了楼层，电梯门关上，灯光闪了两闪，他望着电梯内治疗脱发的广告，苦笑道："我是你的室友，你觉得我有那个能量吗？"

节目在三天后播出，曹洵亦的部分持续了12分37秒。

不得不承认，媒体在"夸大其词"这件事上既擅长又投入——闪烁的字幕，暧昧的音效，再配合画面的拉近、倾斜、重复，再无聊的事情也能引人侧目。更何况，曹洵亦这样的艺术家，自有一股狂妄，本就让观众遭受了智商和审美上的侮辱，他们渴望一个权威站出来，劈头盖脸地为他们泄愤。

当这样的事真的发生，他们会一面争先恐后地朝艺术家身上下脚；一面左顾右盼，担心权威的旗帜没能将他们荫庇周全。

曹洵亦的微博已经被攻陷了，往常的牢骚或感慨全都成了"无病呻吟"的罪证；毕业时的照片也被翻出，从面相上攻击他"不学无术"和"自命清高"；至于其他作品，全都配上了网友的文字说明："呕吐物""婴儿的尿布""帕金森患者在老年大学进修"，诸如此类。

他也成了大学校友群里的明星，为他辩护的人说这是"娱乐至死"对艺术的谋害，或者是阳春白雪面对下里巴人最惨烈的失败，无论哪种说辞都显得敷衍；反倒是那些挖苦他的说法更有趣——"把艺术送去菜市场纯属自我矮化""想利用乌合之众结果被乌合之众反噬，不值得同情"。

"你别往心里去，笑你的都是混得差的，你当真就输了，不用搭理他们，我来帮你骂！"何畏倒是热心，店也不开了，成天在曹洄亦面前守着。他虽然没有直说，但意思再明显不过——他怕曹洄亦做傻事。

欧阳池墨也惦记着曹洄亦。曹洄亦通过她的好友申请之后，她每天都发消息来，虽然从未直言，但曹洄亦也猜到，对方一定知道他成了笑柄，才会如此热心。

"你要不要来听我的驻唱？请你喝酒。"

"今天有小雨，适合散步，你要多出去走走，知道吗？"

"你什么时候回院里啊？约着吃食堂呗。"

曹洄亦只回复过两次，还都是意义不明的表情，他不确定自己是否患了抑郁症，但他的确在心里形成了一种惯性，可以在一瞬间将外人的善意和安慰化为乌有，仿佛他们的存在都出自臆想，唯有对他的羞辱才是世界真实的样子。

他试图重新拿起画笔，把噪声都隔绝掉，但他连这种能力也一并失去了，常常握着画笔在画架前僵硬半小时，不知如何下笔。

"洄亦，我跟你商量个事。"何畏推开门——曹洄亦把脸埋在袖子里，使劲擦了擦脸上的眼泪，"你以前也撞见我打飞机，咱们算扯平了。"

"什么事？"

何畏坐到地板上，仰视着床边的曹洵亦："我跟网站的人说了，他们污蔑你的人格和作品，我会代表你去法院告他们，当然，他们要是愿意庭外和解，我们的态度也是开放的——而且不便宜。"

"算了。"

"啥？闹出这么大动静，你就说个算了？"

"动静很大吗？"

何畏摸出手机，戳了两下："大哥，你是不是不会上网？他们专门把你那一段剪出来，营销号挨个儿转发，都好几万次转发了，还有恶搞视频，配音乐的、配动物叫声的、配特效的，怎么玩的都有，简直全民狂欢啊！你看这个。"

曹洵亦盯着看了一会儿："无聊。"

"这不是无聊的问题。"何畏两只手把地板拍得"啪啪"响，"这是犯罪，你得维护你的合法权益！"

曹洵亦突然笑了。

"你笑什么？"

"这小视频挺有意思。"曹洵亦指着手机屏幕——他的脸被换成了某个喜剧演员。

"你能不能认真点？他们现在闹这么凶，节目火了，龙镇也火了。你呢，你得到什么了？网上很多人靠恶搞别人名利双收，涨出一邪教的粉丝；被恶搞的那个人呢，只能当他们的祭品！这种事你也能忍？"

"就当交学费吧。我去做饭了。"曹洵亦站起身，却被何畏拽住了袖子，"还没说完？"

"大哥，只要你去告，新鸟网肯定会赔钱，他们说不定早就做好了这方面的预算，赔你几十万、一百万，对他们来说，那就是宣传费的零头，但对你可不一样，你不是想了无牵挂地创作吗？"

曹洵亦没有立即抽回自己的手："哪有这么简单？"

"你还不信？且不说钱，这件事你不反击，等于承认你是骗子；反击，还有可能翻身。"

"你让我想想。"

淘米水流进洗碗槽里，曹洵亦又接了半锅水，他看着沉在水底的大米，把手伸进去，轻轻地握紧。

他需要一笔足以让他安静下来的钱。不论中外，绘画这门艺术能绵延不绝，金钱的确起到了无可替代的作用，王公贵族的钱也好，商贾政客的钱也好，都养活了许多画家，这些人只会画画，从不过问钱的来历，既然先辈如此，他又何必斤斤计较？再说了，那是赔偿款，是他用名声和尊严换来的。

曹洵亦将锅放回电饭煲里，按下煮粥的按钮，又把手洗了一遍，他觉得自己想清楚了。

在他朝何畏开口之前，手机响了。苏青发来了信息，她要求见一面——似乎一切都在好转，曹洵亦在心底欢呼。

曹洵亦坐在垃圾桶边的长椅上，仰望着天上的白云，他的身旁站着一个拾荒老人，耐心地等他把手里的果茶喝完。

他常等苏青，在不同的天气、不同的地点，每一次都很有耐心，耐心到可以画出一幅画，画云边、落叶，或者雪地。苏青曾经笑他，他应该把这些画真的画出来，等到两个人结婚的时候，展览给宾客们看。曹洄亦没有接受这样的提议，他说，那样的话，就成了我在画画，顺便等你，可我想认真地等你，再把等你的心情留在约定的地方。

这场对话最终如何收场，拥抱或是接吻，曹洄亦已经不记得了，这样看来，"分手"似乎不是一段感情的句号，而是某种注释，写上"由此往前，再无意义"。

苏青没有迟到太久，她穿了一件白衬衣，配紧身牛仔裤，一如既往地漂亮。

"最近怎么样？"苏青从手包里拿出一盒香烟，取了一支，咬在嘴里。

曹洄亦盯着她把香烟点燃，又盯着她的眼睛——眼神里似乎有挑衅，挑衅他会不会问"你怎么学会抽烟了"，她一定有一个演练过的答案，足以让曹洄亦觉得自己少见多怪。"还好，没饿死。"

"你好像出名了。"

"你也看见了？"

苏青吐出一个烟圈，又伸手将它扇破："好多人发给我，能看不见吗？摄像的是不是跟你有仇啊，怎么把你拍得那么胖？"

"电视台的镜头都是广角。"

"噢，是吗？长见识了。你还好吧，没受影响吧？"

曹洄亦挺起胸膛，笑了笑："没有，这不是好事吗？我其实也不是画得好不好的问题，我是没有名气，你明白吗？这个时代，就得先出名，再成事，哪怕是恶名、臭名，也比无人问津好。"

"你真这么想？你以前好像不是这样的。"

"人是会变的嘛。"曹洵亦挤了挤眼睛，"你不也变了吗？"

苏青大笑起来："就当你讲笑话好了，不过你说得也有道理，先让人知道你嘛，能欣赏你的人自然就来了，我周围都有人说，其实你画得不错，网上骂你是骂得有些过了。"

"别光说我了，你呢，在忙什么？"

"什么也没忙，就成天玩了。"

"玩什么？"

苏青没有接话——这样的状况时有发生，曹洵亦并不擅长发起话题，他自诩有才华，却缺乏趣味，总是不知不觉就把天聊死。

"说正事吧，叫你出来，是有一些东西想还给你。"

"你不能留着吗？"曹洵亦的声音低了下去。

"我在想，我们的感情既然已经死了，这些你送我的东西到底算什么呢？算遗物吗？如果是遗物的话，我是不是该把它们烧掉？可是我又舍不得。要是留着吧，我又不知道该放在哪里，所以，我就想……"

"想什么？"

"一些没有开封的，我就还给你吧，你或许还用得着。"

苏青望着曹洵亦，那眼神就像当初他向她告白时一样，她看着没有很严肃，也没有任何戏谑的成分。

曹洵亦轻轻地点了点头："东西在这个箱子里对吧？"

"嗯，都在里面了。"

曹洵亦把箱子打开，仿佛走进了灵堂，那些在过去如此鲜活、总让他心生暖意的礼物突然就变成了纸糊的随葬品，诚如苏青所言，都是没有用过的，许多还带着包装和吊牌——她从没说过她不喜欢，在分手以前。

曹洵亦笑着说："我把这些卖了，应该能顶一个月房租。"

苏青没有笑，她目视前方，沉默了好一会儿——曹洵亦从未见过她这个样子。"洵亦，你知道，我是非常爱你的。"

"我知道。"

"所以，很多话我不敢对你说，因为我怕伤害你，但其实——唉，到了现在这个局面，我好像更不应该说，可是……"

他知道她要说什么了，手心便开始冒汗："你说吧，我受得了。"

"没有天赋并不丢人，毕竟是玩了一千多年的手艺，你玩不出新花样来，也没关系的，你真的不用太较劲这个，我……我只是希望你过得更好，你不该是这样的，你不该过这种日子的。"

曹洵亦低着头，凝视着拉杆箱的密码锁，心算它到底有多少种组合——算不出来，他不擅长于此，他不得不承认。"嗯，谢谢你。"

苏青站了起来："我走了，你好好休息几天，多出去走走，和朋友们在一起，记住了吗？"

曹洵亦抹开额前的头发，顺便擦去了汗珠："记住了。你走吧，再见。"

"嗯，再见。"

一辆玛莎拉蒂停在路边，苏青上了车。司机戴一顶鸭舌帽，在后视镜里冲曹洵亦点了点头。

何畏对"女怕嫁错郎，男怕入错行"有了新的见解，时代进步，男女平权，前半句正在失效，后半句的威力却与日俱增。男人靠性别取得的择业优势正在消失，容错率也随之降低，稍不留神，一辈子也就搭进去了。当然，这也有好处——"吃软饭"不能算贬义词了。

我大概没这个福分了，何畏一边胡思乱想，一边往自己的头顶抹生发水。

连着两天没生意，他感觉腋下结出了蜘蛛网。何畏看着手边的马克·吐温，琢磨着要不转行写小说？自己虽然不会编故事，但能编歪理，应该能唬住不少人，反正现在的人看书也都是寻章摘句，看不周全。这么一想，他觉得有戏，便开始往手机里积累素材：

所谓故宫，便是故人不在的宫殿。

人们发明避孕套是为了倾泻性欲，发明爱情是为了掩盖性欲。

热兵器时代的悲哀在于，小人也可以轻易杀死英雄。

存到第四条的时候，电话响了，是个陌生号码，何畏将它按掉，过了几秒钟，它又打来了。

"喂，谁呀？"

对方是个女的："你是曹洵亦的哥们儿吧？"

"你谁啊？"

"我是他的房东。"噢，是那个店铺的老板娘。

"什么事？"

"他还有点东西没搬走，你们上次不是说过段时间就来拿吗？"

"这几天忙得很，我下周过去。"

"不是，曹洵亦已经在这儿了，不过他好像有点问题。"

这说法倒有些奇怪，曹洵亦是搞艺术的，什么时候没问题了？"什么问题？"

"他是不是脑子坏了，是出车祸了吧？欸，你要这会儿有空就赶紧过来，他还在我这儿呢，时间长了，我可留不住他。"

"好，我现在过去。"

从酒吧街穿过去，同样的戏码，同样的角色，何畏不作任何停留——最近手头紧，他消费不起，而且他听说，就算花了钱，也玩不到什么，都是骗人的——哼，等老子有钱了，在家里立一片梅花桩，找他十七八个美女，跳给老子一个人看。

老板娘在柜台后面嗑瓜子，何畏打了两遍招呼，她才认出他是谁。

"噢，你来啦，他在楼上呢，他那样子有点瘆人。"

何畏没明白老板娘的意思。他走上楼，低头看见老板娘仰着脸，捏着瓜子的手悬在嘴边，一副盼着看热闹的样子，更觉奇怪。

和搬走时一样，房间里就一张床、一把椅子，角落还有一堆沾了颜料的瓶瓶罐罐。曹洵亦躺在床上，似乎是睡着了。何畏走到床边，见他身上的T恤起球，长裤起皱，袜子上也有泥渍，不知为何，竟生出一种强烈的陌生感。曹洵亦虽穷，却格外注重仪表，哪怕在宿舍闭门不出，也会穿得周正，给人干净的印象。

何畏伸手将他摇醒："喂，别睡了。"

曹洵亦睁开眼，眼珠子转了一圈，整个人往后一缩，微微张嘴，忽而又瞪大眼睛，从眼皮间透出一股敌意——那一瞬间，何畏意识到，老板娘或许是对的，他失忆了。

"你还记得自己是谁吧？怎么弄成这个样子了？不是去见苏青吗？"

"你是谁？"

对方一开口，何畏就觉得不对劲："连口音都变了？"

"你认识曹洵亦？"

何畏笑了出来："你演哪一出呢？你不就是——"话停在了嘴边，何畏仔细看着这个人，他左边脸颊上有一道印痕，皮肤颜色深一些，头发也更短，最明显的是，他的眼睛里没有那种目空一切的感觉。

对方点了一支烟，吸了两口，咧嘴一笑，露出一口黄牙，看起来就更不像了。

何畏也跟着大笑："还有这种事？欸，曹洵亦，我问你哦，这么多年了，你想过这一出吗？"

曹洵亦站在靠近玄关的地方，仿佛随时准备逃跑："你叫什么？"

"周小亮。"

"所以，我——你爸爸姓周？"

周小亮摇头："我不知道我爸姓什么，我跟我妈姓。"

何畏又怪叫一声："曹洵亦，这种活了几十年终于解开身世之谜的感觉怎么样？你俩快把衣服敞开，我看看胸前有没有狼头！"

"你别闹。你妈妈姓周？"

"对，我们的妈妈姓周。"

他说得有些刻意，曹洵亦并不买账："你的生日是哪天？"

"1991年9月1日，我们是同一天。"

"不是的。"曹洵亦摇头，"我的生日在10月，我被福利院捡到的那一天。"

周小亮一时语塞，曹洵亦也对自己的还击感到满意。气氛变得凝重起来，何畏出门接了外卖，喊了声"吃饭"，才算勉强救场。

　　三个人坐在桌边，曹洵亦离周小亮很远，他扒一口饭就抛出一个问题，一顿饭下来，听周小亮说完了他妈妈的故事。

　　二十七年前，乡下有个叫周大凤的姑娘，上完中学就在家务农了，过了几年，又进城打工，打工的时候交了男朋友，不到半年就怀孕了。男方说自己工作太忙，没时间照顾周大凤，让她回乡下老家，周大凤刚到家，就发现男方联系不上了。周家很穷，养活她一个已是不易，她本想把孩子拿掉，走到医院却突然没了勇气，又折回家数日子，心想等孩子生下来，自己再出去打工，好歹把他养大。哪里想到，祸不单行，居然生了一对双胞胎，一张嘴还能勉强喂饱，两张嘴就是要人命。在自家养到满月，折腾得鸡飞狗跳，她父母气不过，先骂那男的丧良心，后来又骂女儿瞎了眼，满口秽言，从早骂到晚。周大凤没什么见识，身边也无人商量，思来想去，只好从中挑了一个，丢到了临县福利院门口。这事她从没对旁人提起，她父母懒得细问，只当她把其中一个孩子扔池塘淹死了，直到她后来嫁人，乡里都以为她就生了一个。

　　"那你为什么知道？"

　　周小亮露出得意的笑容："我在家里见过一对奶瓶，当时觉得没啥，后来外公要死了，我守在他跟前，他问我，我哥在哪儿，我一回味，才明白，说不定真有你这么个人。我就去问我妈，把她问烦了，她也就跟我说了。那都是好多年以前的事了，我觉得你肯定被人收养了，天南海北的，多半也找不到了。"

　　曹洵亦绷着脸，没再说什么，他无数次想象过自己被遗弃的原因，怎么也没想到除了贫穷以外，竟然还有运气成分在里面。

"那你为什么现在又找来？"何畏按捺不住好奇，替曹洵亦问了。

周小亮抖落烟灰，又把烟屁股放嘴里抽了两口："缺钱了嘛。哥，你现在出名了，帮兄弟一把，挣点大钱吧，怎么样？"

第四章

牺　牲

有人说，世上所有的情感都是牺牲。

头回见面，周小亮就被师父的话寒了心，他一面剥蒜，一面点头，心里却没有这般伟大的觉悟。他出身贫苦，要供养母亲和孩子，偏偏孤身在外，缺人挂念。他相信欲望，柜信贪婪，相信饥饿的时候会为一口馒头与人拼命，相信欲火焚身的人可以爱上任何赤裸的肉体，唯独不相信"牺牲"这样的字眼。

师父是一个骗子，别人巧舌如簧，他只有下垂的眼角和厚实的嘴唇，看起来人畜无害，原地转上两圈，自会流露出"迷路"的气质。三十年来，师父什么都做过，打诈骗电话，从市话五毛钱打到长途费取消；在火车站跟外地人搭讪，学了十多门方言，也没回过老家；用假的政府批文骗地产公司，骗到第三家才东窗事发，却得知第一家的经理也被抓了——还比他少判半年。

出狱之后，师父给一个老板当司机，送他上班，送他赴宴，送他去情人家睡觉。师父摸出了门道——新情人，把车停好，再去看人下棋，或者逛街，没有一个钟头，老板不会下来；老情人，就得在路边候命，交警来了也没关系，"马上走，一分钟，最多三分钟"。

没事的时候，师父开车在路上闲逛，还是一副迷路的可怜相，他想把路记熟——他不喜欢看导航，因为头一偏，老板就要嘀咕，他听不得嘀咕。

终于有一天，师父把路认全了，不论情人住哪，都能让老板心急火燎地抵达，再索然无味地离开。也就在那一天，师父撞了一个老太太，凭借多年道行，他一眼看出这是个碰瓷的，他跟老板说："这事交给我。"他下车也不跟人搭话，只在一边抽烟，路人叫了救护车和警察，等到一根烟抽完，师父才发觉，老太太早就死了。

"碰瓷的不是老太婆，是她儿子，他拿他娘的命来碰瓷，天王老子也得认栽。"

师父又进去了，老板去看过两次，之后再没出现。师父说"这事交给我"，老板也就信了。等到减刑释放，师父已经六十岁出头，老伴儿死了，留下一个身有残疾的女儿，将近四十岁，无人照顾。

师父收了周小亮做徒弟，不是为了教他一招半式，而是为了让他给自己收尸——这是周小亮后来才想明白的。如果他能提前知晓师父的经历，认识几个他遭遇的魑魅魍魉，或许就能预料自己的下场。

周小亮第一次见习的时候，师父就死在了示范现场。他们去工地上骗保，原计划师父摔伤，周小亮闹事，保险公司只要赔两万元以上，他们就功成身退，上医院花两千元，剩下的，师徒七三开。实际效果比计划好出太多，师父当场就死了，工地赔了两万元，保险赔了三十万元，周小亮把师父装进骨灰盒，又雇了一辆小车，带师父回了老家——也算省事，不论讲哪里的方言，老家人都不会计较了。

师父的口袋里有遗书，上面写了从来没有在工地诈骗保险公司的套路，从一开始他就打算真死，只有一种骗局不会被揭穿——那就是来真的。周小亮原本想拿走一半的赔偿金，看到师父的残疾女儿之后，放弃了这样的想法。

"我是穷命，狠不下心，狠心的事得别人来做，像我师父，他就可以，那么高的地方啊，他看都不看一眼，真敢往下跳。"

周小亮做了总结陈词。曹洵亦盯着他看了很久，没有说话，也没有任何表情。

"这时候，你应该笑，大声笑出来。"何畏注视着周小亮。

"为啥要笑？"

何畏将椅子往前挪了一截，椅子与地面摩擦发出恼人的噪声。"因为，只有你笑了，我们才不会把你刚才说的事当真。"

"也无所谓你们当不当真，都是三年前的事了。有些事吧，早变了，还有一些我也忘了，要不是出了岔子，我也想不起来。"

"什么岔子？"

周小亮从屁股底下掏出一本皱巴巴的病历，丢到桌子中央，挨着那团烟盒："肺癌，晚期。"

坐在一堆假古董中间，面对自己突然钻出来的孪生兄弟，曹洵亦背靠窗台，一时不知道该说什么，他支开了何畏，以为这样自己才能敞露心扉——却发现并非如此。

"你想聊什么？"周小亮歪在行军床上，一副有气无力的样子。

"你的病是真的吗？"

"我要怎么证明呢？哥，我手机里有拍的片子，挺大一片阴影，你也会以为是假的，对吗？"

"你找我，有什么具体的事吗？"

"我们的妈——我妈后来改嫁了，那人不是个好东西，好吃懒做，家里被他败光了，我妈又胆小怕事，背地里还敢说两句，当面都是……唉，等我回了家，把老东西关起来捶了两天，把他捶怕了，他才老实。我在，能镇住他，啥事没有；可我要是没了呢，不光我妈栽他手里，还要捎带我儿子。"

"你能说重点吗？"

周小亮直起身，向曹洵亦靠拢些："哥，我不能死，我死了，他们都要完蛋，可世上哪有不死的人呢？直到我在网上看到你，我想明白了，我是可以不死的。"

曹洵亦冷笑道："你的肺癌是长在脑子里的吧？"

"哥，我们长得一样，你可以变成我，变成周小河的爸爸——小河就是我儿子，也是你的亲侄子。"

"你连你儿子都要骗。"曹洵亦鼻子里哼气。

周小亮抓着曹洵亦的手，曹洵亦这才感觉到他身子瘦弱，没什么力气："哥，我也不求你做什么，只是想，等我死了，你每个月回去看看，看看小河，他叫你爸爸，你答应一声，帮我看着他长大，行吗？"

"有什么意义？"

周小亮跪在床前："哥，你忍心我的孩子也变成孤儿吗？"

曹洵亦低头看着周小亮："我已经说得很明白了，我没有钱，那节目你也看了，就该明白，我的名声比下水道的死老鼠还要臭，死老鼠能卖几个钱？你是穷命，我也是！我替你当儿子，替你当爸爸，就能比你好吗？"周小亮的眼泪下来了，曹洵亦叹了口气，"你想别的办法吧。"

天色已晚，福利院里空荡荡的，唯独传达室的门卫还在灯下抽烟。

曹洵亦敲开他的玻璃窗，报上了姓名。

"老唐睡了。"

"我不找他，您帮我叫下欧阳。"

"咱这有姓欧阳的？"

曹洵亦想了一会儿："欧阳池墨。"

欧阳池墨穿了一件大号T恤、一条孔雀蓝色的短裤，露出一双细长的腿，嘴里叼了一截香烟，一只眼睛挡在头发后面，另一只眼睛像看快递员一样看着曹洵亦。

"是我。"曹洵亦说。

她的眼睛这才亮起来："哦哦，曹老师！你居然主动来找我，难得，哈哈，我好高兴！"

"你的情绪总是这么高涨吗？"

"这样不好吗？哈哈！"欧阳池墨拉着曹洵亦的手腕坐到花坛边，"心里有什么就说什么，直来直去，不绕弯子。曹老师，你专门跑来，一定有什么事吧，说说看？"

"艺考顺利吗？"

"不考了，我想明白了，我就安心写歌，这里唱唱，那里唱唱，总会遇到伯乐的，你说是吧？"

"大概是吧。"

"是就是，还大概。别老说我了，你到底有什么事？"

曹洵亦不好意思地笑笑："我没什么事，就是心里烦，想散散心。"

"那你算找对人了，你等着。"

欧阳池墨掐灭香烟，一溜烟跑回宿舍，过不一会儿，又一溜烟跑回来，身后背着吉他，影子拖得很长，像扛刀的周仓。她跑到曹洵亦跟前，将吉他摆正，扫了一个和弦："我需要一个舞台。"

"附近有酒吧吗？"

"不用那么隆重，天黑就是夜场，高处就是舞台。"说着，欧阳池墨跳到了对面的单杠上，靠双腿将自己稳住，把住琴头，放出自己另一只更亮的眼睛，"想听什么？"

"还能点歌？"

"我在讨好你，看不出来吗？"

曹洵亦拿出手机，将锁定画面亮给她看："这个，照着弹吧。"

"这怎么弹？"

"有个词叫通感，我理解的是，艺术都是相通的，绘画有节奏，音乐也有颜色。"

欧阳池墨眯着眼睛看了一会儿，打个响指："休想考倒我。"

她弹出第一个音符，稍有停顿，接着旋律便倾泻而出，仿佛朝水塘丢块石子，荡起了一水的星辰。曹洵亦仰视着她，以及她身后的星空，如坠深渊，不自禁便觉得肋下生出翅膀，稍一扑腾，就要飞上天去。

曹洵亦自小在福利院长大，没人教他无用的知识，他不会辨识星座，很少抬头深究。在学校的时候，他画过星空，只靠一时想象。此时，他望着天上的繁星，才意识到自己的调色多么草率，画中星辰的方位也都出于一厢情愿，宇宙之美，他实在描摹不出。

一曲终了，姑娘又点了一支香烟。

"我可以上去坐你旁边吗？"

"这边都晒了老师的床单，你要上来呀，只能倒吊着。"

曹洵亦搭上一条腿，再搭上另一条腿，身子后仰，直到发梢几乎垂地，他长出一口气，又闭上了眼睛，想象欧阳池墨手上的动作——是否正把星星填到五线谱上，谱出与他心意相通的曲子。

"我看出来了，你画的是一首快板。"

"以前画的，那时候心情比较热烈。"

"还没到凉下去的时候呢！"

曹洵亦挺起身子，与欧阳池墨对视了一会儿："你可以唱下一首了。"

"那不行，我已经展示过才艺了，到你了。"

"我没有工具。"

"那你给我讲个笑话吧。"

曹洵亦想了一会儿，说："画家和音乐家是好朋友。有一天，画家买了一沓画纸，顺路去看音乐家，发现音乐家正在发愁，就问他怎么了。音乐家说，我没钱买谱本了，我的创作到头了。画家拿出画笔，开始一笔一画地在画纸上画直线，到了晚上，他把自己的画纸全部画成了五线谱，然后送给了音乐家。后来，画家成名了，有人问他，你最满意的作品是哪一幅，画家不假思索地回答，是一沓五线谱。"

"这是个笑话吗？"

"不好笑？"

"好难笑。"

"一会儿就好笑了。"

"一会儿是多久？"

"是永远，也是一瞬间。"

"下一首什么时候唱？"

"当我吻你之后。"

"我看出来了。"

"看出什么了？"

"你和你哥，"何畏将身份证递还给周小亮，"长得并不完全一样。"

"我比他黑，农村人嘛，晒的。"

"张嘴。"

"啥？"

"我叫你张嘴。"

周小亮张开嘴，露出两排黄牙。

何畏抬起手指，摸了一把："就是这里。"

"你摸驴呢？"

"你的牙齿咬合不齐，往外翻，所以下半张脸显得宽，鼻子也是，看着就比你哥温和。"

"哦……"周小亮自己也摸了摸，"我懂了，所以我才被人欺负。"

"被谁？"

"我师父嘛，他活着欺负别人，死了欺负我。我哥不会欺负我吧？"

何畏将耳朵上的香烟递给周小亮："你要是把希望全放他身上，就不一定了。"

周小亮把烟点着，吸了一口："说说。"

"你上过初中吗？"

"没有。"

何畏把烟拿回来吸了一口："欧洲以前有个事，叫文艺复兴，搞出了人文主义。在这个主义以前，他们的心思都在上帝那里，整天琢磨神仙，画家也只画神仙，穿衣服的、不穿衣服的，都画。有了人文主义之后呢，他们的心就收回来了，开始画人，男女老少、富贵贫穷，画得越来越好。那当然了，人间的事嘛，看得见摸得着，都不用琢磨，能不好吗？从那以后，画家就不琢磨神仙的事了，在他们眼里，神仙就是个屁，死神也一样。"

"他们还挺勇敢。"

"人只要不琢磨，都勇敢。我的意思是，你哥是画家，你拿死神威胁他，没有用；你要拿欲望威胁他，你要给他最想要的东西。"

周小亮坐直身子，瞪大了眼睛："是什么？"

何畏指着周小亮的鼻子："你的命。"

周小亮半天不说话，只低头把最后一截香烟抽完："怎么个意思？"

"你听过这句话吗？世上所有的情感都是牺牲。"

"谁说的？"

何畏想起那些记在纸上的句子，笑了笑："大概是我。"

第五章

食腐动物

在曹洵亦拨通120之前，何畏按住了他的手。

"他已经死了。"何畏说。

库房的地板上倒了一张凳子，周小亮挂在天花板上，两条腿来回晃荡。曹洵亦呆呆地望着他，好一阵没有说话，直到风吹进来，吹得周小亮瘦弱的身子来回晃悠，带着天花板上的钢筋也吱吱呀呀地响。

"死了也要叫救护车来啊！难道就这么放着不管？"

何畏没有松手："救护车来了，你怎么说？"

"还能怎么说，说我弟弟上吊自杀了。"说出"弟弟"两个字，他心里一疼。

"你要这么说，他就白死了。"

曹洵亦盯着何畏，嘴唇动了动，又沉默了。

"周小亮为什么来找你？"

曹洵亦看着周小亮——仿佛看一条正在风干的鱼。"他要我替他活着，要我照顾他的孩子，全是些我根本做不到的事情，我都不知道他怎么想的！"

"做到第一点不难，他在这个房子消失，你从这个房子出去就行，但你拿什么照顾他的孩子呢，你有钱吗？"

"我有没有钱你还不知道？"

"他为什么要讲他师父骗保的事，你想过吗？"

曹洵亦想了一会儿，心里隐约有一个答案，可又觉得太巧合、太荒诞，连他自己都不会相信。

"只有一种骗局不会被拆穿——那就是来真的。他拿自己的命投保，就是为了让你有本钱坐上牌桌，你赢得越多，赔给他的保险金才会越多。"

"你以为保险公司是傻子吗，自杀也赔？"

"他赌的不是保险公司，是你。"

曹洵亦冷笑。

"还没明白吗？没有人知道你有一个双胞胎弟弟，只要我们不说，别人都会以为是你上吊自杀了。在他们眼中，这事就会变成，一个落魄画家，受了节目组的设计，又被掌握话语权的人侮辱，再挨了一轮网络暴力之后，自杀，死了。"

曹洵亦向后退了一步。

何畏没理会他眼神里的敌意："你知道有多少人死后才出名吗？画家就不说了，你都熟。文学界的，卡夫卡、艾米莉·狄金森[1]，写《白鲸》的那个赫尔曼·梅尔维尔[2]，还有娱乐圈那些歌星、演员，人一死，评价、地位马上蹿好几个档次。为什么？第一，

---

1 19世纪美国诗人，生前只发表过10首诗，默默无闻，死后近70年开始得到文学界的关注，被现代派诗人追认为先驱，与同时代的惠特曼一同被奉为美国最伟大的诗人。
2 19世纪美国小说家，在世时曾有《泰比》畅销，但也迅速被大众遗忘，直到他去世以后，才再次获得广泛认可，代表作《白鲸》。

死亡是一种传播手段，你死了，所有人都会认识你，不认识也要假装认识；第二，死者为大，除非是罪大恶极的人，没人为难死人，有什么坏话都得憋回去；第三，文人相轻，赞美活人说不出口，赞美死人都口无遮拦，有六十分就说八十分，有八十分就说一百分。

"你现在的处境恰恰符合这些条件。你正在井底，身上还堆满了石头，这时候你死了，谁敢对你说三道四？他们第一反应是震惊，然后是内疚，但你放心，不会有人承担责任，他们只会指责别人，说别人是雪花；指责完了，就有人为你平反，说你画得不错；再往后，为了蹭你的热度，就得不断地拔高你，说你画得好，说你有独特的艺术价值，说你是被误读的天才；到最后，你就可以挤进历史，头衔都给你想好了，被乌合之众逼死的天才！"

曹洵亦低头看着地面，他的影子没碰到何畏的脚尖，他往前走了一步，停下，又看向周小亮的尸体："我先把他取下来。"

何畏挡在他前面："你想清楚，你现在碰他，就会留下指纹，万一警察弄得细致，我刚刚说的都不成立。"

"他是自杀，关警察什么事？"

"只要是非正常死亡，警察都得来，还有法医。"

曹洵亦捂着自己的脑袋，闭上眼睛，闭得眼皮生疼："不行，我不能这么做，他都死了！你还想着怎么利用他！"

"就算是利用，也是相互的！你要起步，你需要名声，他死了，丢出一颗炸弹，炸得震天响，全世界都听到了！你要是什么都不做，你就还得默默无闻，他妈、他孩子就得受穷、挨饿！那才是对不起他，明白吗？"

曹洵亦手上用力，想把何畏推开。

"你睁眼看看，这个国家每天有多少新闻，有多少破事让网友站队，他们哪次不是站在弱者那边？就像那个日本作家说的，鸡蛋和墙，我永远支持鸡蛋，这不是什么了不起的大道理，而是人的本能，宣泄正义感的本能。你现在就是弱者，你无钱无势，被权威欺负，还被普罗大众轮奸，历史上有几个艺术家有你这待遇？

"我之前跟你说过，先出名，再成事，那些在网上莫名其妙出了名的人，不管什么角色，都能包装成网络红人，收割几茬韭菜。你已经出名了——一个恶名——但是没关系，你距离逆转舆论只差一步，这一步，你弟弟帮你走了大半，剩下的就靠你自己了。"何畏收回手，示意不再阻拦，"你要是还抱着刚才的想法，那就随你。我也告诉你，这很可能是你这辈子最好的机会，错过了，你这辈子就只能嫉妒了。"

曹洄亦蓦然想起画展上遇到的年轻人，那句话像蘸了盐水的鞭子一样抽在他的脸上——"你嫉妒。"

"他的证件呢？"警察问。

何畏翻箱倒柜找了半天："在这儿。"

"曹洄亦。"警察眯着眼睛，看一眼证件，再看一眼地上的尸体，"嗯。他死的时候，你在哪里？"

何畏摸着裤缝，以擦去手指上的汗水："我在隔壁睡觉。"

"你们一直住一起？"

"不是，他刚搬来，一周多吧，他没钱了，来投靠我。"

"他最近有什么反常表现吗？"

"他，他心情一直都挺压抑的，夜里也睡不好觉，经常大半夜了还跑出去，出去就是两三个小时，什么时候回来，我也不清楚。"

"还有呢？"

"哦，对了，他女朋友刚跟他分手，"何畏指了指墙角敞开的拉杆箱，"那一堆，都是他女朋友分手后还给他的。"

警察走到尸体跟前，凑近看了看死者的脸："我是不是在哪儿见过他，看着眼熟？"

"网上骂的那个画家就是他。"

警察直起身子，扫视整个房间，似乎这才注意到靠在墙根的油画："那就难怪了。怎么样？"

法医已经开始收拾东西了："嗯，自杀。"

警察叹了口气："唉，网络暴力啊。那个，你通知一下他的家属。"

"他是孤儿，从小在福利院长大。"

警察与法医对望一眼："户口呢？"

"也在福利院。"

"那你通知福利院那边，让他们来处理，尸体在殡仪馆最多存六十天，网上会公示，六十天内没人认领的话，殡仪馆就自己火化了。听明白了吗？"

"骨灰怎么处理？要是福利院不管的话，我可以去领回来吧？"

"可以，你不是有遗嘱吗？能证明关系就行。"

遗嘱是半小时前曹洵亦写的，除了陈述自杀理由之外，也交代了遗产的处理方式——全部赠予经纪人何畏。这个"经纪人"多少带些戏谑的味道，经纪这么久，也不见曹洵亦有任何成就，即便是他所谓的遗产，深究起来，也值不了几个钱。

看公安局和医院的人走了，何畏赶紧到天台，发出暗号，找到了藏在墙角的曹洄亦，他坐在那里，已经快要中暑。

"太热了。"

"热点好，晒黑了，你才更像你弟弟。"

"什么时候不能晒？"

"以后想出门就难了。"何畏拿出口罩和帽子，让曹洄亦戴上，"你不能再留在这儿了，我们去郊区找一套别墅。走，现在就去。"

"你还租得起别墅？"

"能租一个月。"

"一个月之后呢？"

何畏一笑："一个月之后，我们就买得起别墅了。"

"我先说好，挣够给小亮孩子的钱就行，一百万。"

"以现在养孩子的成本，一百万只够花到上中学。"

曹洄亦琢磨了半晌："那就两百万，到上研究生，也差不多了。"

"书读完了就不管了？买房、买车、娶妻生子，哪样不花钱？"

"我要管这么多吗？！"

"他爸拿命换的，一千万，不过分吧？"

"好好好，听你的，反正杀了我也挣不到这么多。"

他们收拾了一些工具和画材，衣服和生活用品一概不带。何畏说了，凡是能杜绝的痕迹都要杜绝，旧东西全部作为曹洄亦的遗物烧掉，至于跟身份相关的手机、毕业证书、驾照，也一并销毁，各种账号都进入静默状态，便跟死了一样。

两人上了车，车子行驶在小区破烂不平的路上，即便遮得严严实实，曹洵亦也不敢看向窗外。

"你弟弟的DNA和你一样，身份证又办得早，数据库里没有他的指纹，网上用你的身份信息公示，理论上讲，单凭尸体，没人能发现那是周小亮。所以，从今天起，你就是周小亮，等将来钱挣够了，你也想远走高飞的时候，用他的身份出去，你要记住，曹洵亦已经死了。"

将来……曹洵亦在心里嘀咕这个字眼，听起来遥不可及，根本不用考虑。

"下一步做什么？"

何畏将手机丢给他："宣布死讯。"

"怎么说？"

"登录你自己的账号，以我的名义发布。"

曹洵亦手指在手机屏幕上滑动。自从他的微博被人曝光以来，谩骂、羞辱的私信就没停过，骂得也没什么新意，无非是在他的女性亲属和生殖器之间做文章。

"各位好，我是曹洵亦的朋友何畏，我有一个悲痛的消息要告诉大家——"

"不用这么客气，你被他们逼死了，我必须表达愤怒——克制的愤怒，这样才显得真实。"

"我是曹洵亦的朋友何畏，有一个悲痛的消息要告诉大家，曹洵亦于8月11日在家中自杀身亡，得年二十七岁。这样呢？"

何畏盯着前方的红灯，想了一会儿："太官方了，像新闻稿，不像朋友写的，没有那种，怎么说呢，控诉的感觉，我要告诉他们，看哪，都是你们，是你们把他害死的，这种味道。"

"我是曹洵亦的朋友何畏，他死了，你们高兴了吗？"

"过了，风头一过，还得靠他们为我们说话，犯不着指着鼻子骂他们。"

"哦。"曹洵亦放倒椅背，用手肘盖着眼睛，绞尽脑汁地构思，"这样呢，我是曹洵亦的朋友何畏，曹洵亦已于今日下午两点自杀。"

"可以，不急不躁，也没给好脸。发了吗？"

"发了。"

"好，先等它发酵，我去找媒体报道你。"

"哪个媒体？"

"除了新鸟网之外，所有媒体我都找一遍。"

"需要这么大的阵仗吗？"

何畏咧嘴一笑："当然，你要红了，大画家！"

事实上，何畏不需要主动，媒体很快就找上门了。其中有两家门户网站，他们是新鸟网的竞争对手；一家全国性的期刊，常以颠覆名人形象为己任；四份地方报纸，一份严肃，三份庸俗，前者要曹洵亦的艺术人生，好在副刊上教育大众，后者要曹洵亦的儿女私情，好在娱乐版夺人眼球；还有十几个自称订阅用户过百万的自媒体，一半已经取好标题，只等何畏授权，一半暗示何畏先交赞助费，头条十万元，次头条减半。

"自媒体就算了，格调太低了，都市报也不行，全是广告。"

"你知道这一下就砍掉了多少读者吗？"

"多少？"

"反正比剩下的多，你是不是从来不看它们？"

曹洵亦翻个白眼："我有病吗？看这些东西。"

"大画家，就低下你高贵的头颅吧，你的王冠是焊上去的，不会掉！人生来就低俗，只有你们高雅人士才是基因突变。要追求传播效果，就得迎合，就得在他们的敏感带上使劲舔！听我的，这些媒体里面，除了要钱的，全都要。"

"那你怎么跟他们说？"

"你先把你的人生给我讲一遍。"何畏在电脑上新建了个文本文档，手指按在键盘上，一副要做会议纪要的样子。

"我以前没讲过？"

"我们关系一般，你看不出来吗？"

"1991年10月11日，听院长说，那天下小雨，街上没人，不过福利院门口那条路平常也没什么人，院长捡到我的时候，包在我身上的被子已经打湿了，所以院长给我起名字的时候，一定要带水……"

"我要的是情节，不是状态，情节才能吸引人，你平时不看电影？"

"你不先了解状态，一味推进情节也会莫名其妙吧？"

"行行行，那你赶紧的。"

"我那个福利院比较特殊，是周边几个大城市的分流福利院，你知道什么是分流福利院吗？"

"我怎么会知道？"

"分流是院长的说法，省里面有十几家福利院，收养的绝大部分是残疾儿童，偶尔有健康的，要么父母双亡，要么父母服刑，再不然就是警察打拐救回来的，然后，这些福利院会把健康的孩子都转到我们那里，所以，我那个福利院里，一半都是身体健全的，你知道为什么这么做吗？"

"为什么？"何畏嘴上配合，手指搁在键盘上，没有动。

"为了给人参观，算是样板福利院吧。"

"懂了，赏心悦目更容易吸引关注，助学广告都找长得好看的穷姑娘拍呢，你们院长也是传播学大师。行了，状态说完了，说点刺激的吧。你有没有被霸凌过？或者被那个过？"

"哪个？"

"就是那个嘛。"

"我看你病得不轻。"

"打架也没有？"

"没有，应该有吗？"

"有最好，我想强化你身上的标签。"

"什么意思？"

"提到王希孟，普通人想到什么？"

"短命。"

"达·芬奇呢？"

"全才。"

何畏打了个响指："明白了吗？要有一个独特的标签，你的标签就是受气包。"

"确实没有。"

何畏开始敲字："没有也可以往上加。"

曹洵亦讲了一个通宵，何畏再向不同的记者转述，一面转述，一面对曹洵亦的人生修修补补。

曹洵亦在福利院长大，孤僻、早慧，被长期霸凌，不受人待见。他错过几次收养，年纪一大，再没机会。他考上美术学院，是福利院少有的大学生，还上过报纸，学院免了他的学费，生活费就靠勤工俭学。他天赋高，但不懂人情世故，学院有去巴黎交换的机会，他自以为非他莫属，却眼睁睁看着别人上飞机。他谈过恋爱，总觉得自己配不上人家，担惊受怕了三年，为了不耽搁姑娘，最终主动分手。他不光作品曲高和寡，整个人都曲高和寡，之前有富二代找他画女朋友，他画得跟数学符号一样抽象，钱没挣到，还被人打了一顿。他卖过画，至少卖过一幅，两百块钱吧。

每一篇成文曹洵亦都看，每一个有出入的地方他都问，不管怎么问，都问不倒何畏。

"福利院的情况怎么一个字都没有？"

"我跟记者说这些干吗？重点是你，不是福利院！拯救世界的事交给超人吧，这回拯救我们两个就行了。"

"那个不是去巴黎交换，就是个普通访问，十几天，按学分绩点排名次去的，我学分绩点不够，就没去成，这你是知道的啊？"

"大家喜欢看逆袭的故事，逆袭之前，越惨越好，越被排挤越好，要反差，反差，明白吗？"

"不是我跟苏青分手，她想要个既有才华又有钱的，我两样都没有，她就把我甩了，这还不够惨？"

何畏眯眼一笑："这是很惨，但苏青还活着呢，你把她说得这么不堪，她肯定反咬你一口，到时候，女权主义者就会说我们厌女，倒不如送她个人情，让她替我们说好话，我们要团结一切政治正确的力量，懂吗？"

"我没给富二代画过画，我只给汪海画过，而且自打毕业以后，我一幅画都没卖出去过。"

"你现在画不行吗？有了你和富二代之间的恩怨，到时候再把这幅画拿出来，它有故事、有谈资，就好传播，就可以成为你的代表作，你怎么没卖过画？买主我都找好了。"

买主是他古董铺子的老主顾——一个儿女不在身边的鳏夫。

鳏夫说："对，我买过他的画。"

记者说："噢，您是懂行的人。"

鳏夫说："哪儿啊？我只懂古董，他画的那些我可看不明白。"

记者说："那您为什么买呢？"

鳏夫说："他不是何老板的朋友吗？何老板当时跟我说，这个年轻人没钱了，脸皮又薄，不好意思找人借钱，再这么下去怕他饿死，就让我出面买了他一幅画。"

记者说："您可真是个善良的人。"

记者话这么说，落到稿子里，善良的人就成了何畏，他不但是曹洵亦的朋友，还成了凡·高的弟弟提奥[1]那样的角色。

接受采访的还有美术学院的校友，在他们的描述中，曹洵亦不但为人孤僻，还会为了画画做出各种稀奇古怪的事情——为了画人群的脚底，在下水道里躺了一天，身上的臭味一星期都没散；毕业的时候，学校让交免冠照，很多学生都自己画，以假乱真，算保留节目了，曹洵亦也自己画，但他画的是抽象风格的，被一眼识破，成为全校的笑柄。

"这些事倒是真的，可他们怎么知道？他们又不是我的朋友。"

"你当然没朋友，他们都是我的朋友，总不能什么事都我来

1　艺术品商人，凡·高的弟弟和资助人。有一种说法是，凡·高在世时售出的唯一作品《红色葡萄园》是提奥拜托别人买的。

讲吧？说的人多了，假的也成真的，我们叫众口铄金，西方叫多方信源。"

过了两天，稿件陆续上网，只看过结局的观众终于等来了正戏，他们窥探画家的隐私，在字里行间寻找蛛丝马迹，拼凑一个穷酸画家的理想形象，并在讨论剧情时交换各自的推理：天才孤独，前辈傲慢，世界不公平，资本不道德。至于自己有没有参与网络暴力，该不该受到谴责，可以忽略。

"先占领舆论的制高点，这是第一步。"

"后面还有？"

"第一步，卖惨。你是死人，没人惨得过你。该第二步了……"何畏拆了快递盒，取出化妆品套装，"化妆。"

"我都成表情包了，谁还不知道我的长相？"

"那种长相能看？"

"我一个画家，需要那么好看吗？"

"长相是硬通货，只要长得好看，就算是通缉犯也可以被原谅！"

何畏又让曹洵亦穿了一条皱巴巴的牛仔裤，配一件洗得褪色的T恤。又把画室弄得乱糟糟的，往墙上挂了两幅油画。他再举起照相机，一会儿近一会儿远，一会儿跪一会儿蹲，不厌其烦地找角度。

"低点头，欸，看调色盘，笑一下。"

曹洵亦咧开嘴，露出一排门牙。

"微笑，懂吗？再浅一点，那种因为在画画，所以不由自主地笑了出来。"

"这样吗？"

"太凶了。"

"这样呢？"

"过了，往回收，再收，对，就是这个！"

何畏在自己的微博发布了这组照片，以回忆朋友的名义："淘亦是个内向到自卑的人，他不喜欢拍照，记者要他的照片，我找来找去都没找到，直到今天，一个同学传了这几张照片给我。他是个喜欢画画的人，仅此而已。"三张照片，同一个地方，同一身衣服，不同的表情，仿佛讲了一个简短的故事。

> 唉，虽然这么说有点不尊重逝者，但我还是想说，曹大的长相就是我的理想型。
>
> 是那种很老实，还有点木讷的帅。
>
> 你这么好看，世界却对你这么残忍。
>
> 新鸟网太恶心了，绝对是故意剪他形象不好的片段播出来！

诸如此类的评论被赞得非常靠前，自称颜粉的群体也在话题中自立，营销号不失时机地推销"那些画得好也长得好的人"。何畏让曹淘亦把三张照片画成日本漫画的风格，匿名丢进话题里，刺激转发的同时，也诱导其他插画师跟进。

"差不多了，该证明你的强大了。"

"怎么证明，办展览吗？"

何畏摇头："展览太虚，没法量化，互联网只看数据。先拍卖，卖一个好看的数字出来。"

"我这三十多幅画，拍几十万应该可以吧？"

何畏弹了一下曹洵亦的脑门："大画家，你睡醒了没有？强不是比普通人强，而是比你这个领域的第二名强出一大截，才能叫强、秒杀、吊打。你好好品味网友爱用的词！"

"那要拍多少钱？"

何畏在手机上操作了一番："你瞧这个人。"

"蒋如台，龙镇的人？"

"对，龙镇美术馆的头牌，也是画抽象风格的，他拍出去的第一幅画成交价是六十万，你得比这个数字高很多才行，少说也得一百万。"

"那我说的也差不太多。"

"我说的是一幅画一百万。"

曹洵亦跳了起来："不可能！我们校友里到现在都没人拍这么多！"

"他们当中有谁死了吗？"

"没有。"

"那太遗憾了。"

何畏的确接到了许多电话。他们都自称是具备资质的艺术品拍卖公司，接着就问何畏手里有多少作品，然后说可以免费估价，几十万、几百万，甚至上千万，但到这时候，这帮人连画都没见着，就提出要收佣金和服务费，心黑的要20%，面善的要10%，说来说去，都要挣何畏的钱。且不说何畏自己就是骗子出身，这些花招他心知肚明，就算他够傻，愿意掏钱，也掏不出来。

他没钱给人骗——他的卡里只剩不到两万块钱，还得留着买机票。

来人身上散发着精致的小资情调，汤匙在咖啡杯里顺时针转了好几圈，直到停下来的那一刻，他才开口说话。

"虽然曹洵亦目前的知名度我们是认可的，尤其在网上，跟他有关的话题我们也都有注意到，应该说，在普通人那里，尤其是对那些生活不如意、事业不得志的人来说，他的影响力很大，几乎成了一种文化符号。"

何畏不是飞来上海听报告的："你直接说但是吧。"

"但是，曹洵亦本人的价值要远大于他作品的价值。你带来的这几幅作品，我们内部也都评估过，有一些想法，但形式上还是太陈旧了。他是一个优秀的模仿者和整合者，不是一个优秀的创作者。所以，如果您只有这几幅作品，或者其他作品都与这几幅类似的话，我们恐怕不能与你合作。"

何畏有些慌了，上海一共两家世界级的拍卖行，这是他接触的第二家——跟第一家的不同在于，他们拒绝得更干脆。

"网友对这几幅的评价很高，你们就不能少数服从多数，给他个机会？"

"何先生，艺术从来不是一件少数服从多数的事情。我们的宗旨是引领和传播，我们的目标是领导整个艺术品市场，我们不会将自己的审美降格到普通人的水平。网络小说的读者再多，我们也不会将它的手稿请进我们的拍卖行。"

何畏的声音又大了一些："网络小说很挣钱的。"

"的确，网络小说的作者和渠道都很挣钱，它的单价虽然低到惊人，但量也大到惊人，所以总额是一个天文数字。可艺术品不一样，可以说，我们只有单价这一个进项，吃喝的人就真的只是在吃喝，我们唯一可以追求的就是高价值客户，而且是价值最高的那一位。"

何畏没有再说话。

"何先生，我说得足够坦诚、清楚了吧？"

何畏点点头，杯子端到嘴边，才发现咖啡早就喝光了。

"最后，再给你讲个故事吧。比尔·盖茨也收藏艺术品，凡是被他看上的作品都会升值，这不单因为他独具慧眼，更因为他是比尔·盖茨，他能用自己的名声为作品赋值。因为每个人都会想，比尔·盖茨都欣赏的作品，作者一定很厉害，有升值空间，趁着便宜，我弄一件来，于是大量买方涌入，比尔·盖茨手里的作品的价值也就跟着水涨船高。"

何畏忽然想起一种叫燕千鸟的鸟类，它为鳄鱼剔牙，鳄鱼则为它提供牙缝里的肉丝，是啊，他也需要一只鳄鱼——食量不那么大的鳄鱼。"你的意思是，世界上不止一个比尔·盖茨？"

对方放下咖啡杯，示意服务员过来买单，当他起身离开之后，何畏在他的杯盘里发现了一张名片。

"跟你说个故事，有位酒店老板买了一幅价值连城的名画，他天性多疑，总觉得放哪都不安全，整日为了把画藏好而寝食难安。后来实在没辙，去庙里见了一个僧人，僧人告诉他，你把真画当假画用，也就心无挂念了，老板一听，茅塞顿开，便把画换了个位置，从此高枕无忧，你猜他把画放在哪儿了？"

"放哪儿了？"

"前台小姐背后，每一个住店的人都能看到，但从来没人相信这幅画是真的。"

"厉害呀，果然最危险的地方最安全。"

"没这么肤浅，僧人把艺术品投资给说透了——'假作真'是表面功夫，'真作假'是内家功夫，'假对假'才是上流功夫。"

"不愧是罗总，果然内行。"

每换一个秘书，罗宏瑞都把这个故事讲一遍，以提醒他们自己跟老爷子不一样，不是小县城出来的暴发户，而是在纽约艺术圈混过的高雅人士。

"所以，你以后住酒店的时候，多留神，说不定在厕所啊，走廊啊，这些不起眼的地方，就能发现真迹。"

"那您这么多年有见到过真迹吗？"秘书小冯按住电梯门，让罗宏瑞先进去。

"得看你怎么定义。如果手绘就算真迹的话，那就有，但都是些毛头小子东拼西凑来的，不值钱；如果非得大师下笔才算真迹，那在国内，我确实还没见过，也怨不了他们，国内的酒店，装饰画都算软装修，流水线上出来的东西，算艺术品吗？"

"罗总，我听说您以前就是艺术家？"

"艺术家谈不上，我就是个混子，没混出什么名堂，不得不回来继承家族产业了，是不是很惨？"

"没有啊，您家产业这么大。"

"我是老板，我说惨就是惨。"

"嗯，那是挺惨的。"

严格地说，罗宏瑞不是老板，只能算太子监国，老皇帝还睁着眼睛，满朝文武也不服气，他这个老板做得并不如意。

"罗总，您先在房间休息一会儿，到点了我叫您。"

"嗯，行程再跟我说一下。"

"今天下午四点半，去废城大学见陆昭教授，晚上请他吃饭，唱卡拉OK；明天上午去龙镇美术馆，中午没有安排，晚上六点和本地物流的人吃饭。"

"晚上的地方选好了吗？"

"吃饭的选好了，唱歌的还没，要荤的还是素的？"

罗宏瑞一笑："当然是荤的啦，荤的可以素唱，素的却不能荤唱啊，年轻人。"

小冯连连点头："有道理，有道理。"

房间很小，陈设简单。自从发现集团的资金窟窿之后，罗宏瑞就大幅调低了管理层的出差补贴，倒不是指望靠这个挽回局面，而是不做点什么，他怕心里的慌张被外人看出来——他甚至当面质疑过老爷子，把董事长的位子让给自己，是不是为了让他来背这口黑锅？

在很长一段时间里，罗宏瑞都是不孝子，商学院读了一半，改学雕塑，被老爷子断了经济来源，在纽约混了五年，回国又在上海撑了两年，终于回家认错，在老爷子面前砸了作品，毁了工具，只留一把刻刀，说要是再乱来，就用这把刀结束生命。

"我是个开便利店的。"罗宏瑞反反复复告诉自己，还做成名片，逢人就发。老爷子跟他说过，咱家做的是"小生意"，过去是家门口的小卖部，现在是养着几万人的连锁便利店集团，但它终究是一个小店铺，卖小商品，解决小需求。

可是，即便如此强调它的小，也不代表它就不会遇到大问题。

差不多十亿元的资金缺口，罗宏瑞一开始都没想明白，自己家这么传统的生意，这么保守的经营方针，怎么会搞出这么激进的名堂。拿着内部文件，父子俩一页一页地过了之后，他才搞明白，老爷子稳妥了一辈子，大概是憋坏了，竟然脑子一热，蹚了

P2P的浑水，用P2P的钱扩张，终于碰上爆雷。

"到时间了，缺口堵不上，公司就要破产。"

老爷子说得云淡风轻，罗宏瑞心里却在冒火，别人的爹被骗最多也就买点保健品，他的爹一犯糊涂就是上几个亿的当，搞不好，自己还要坐牢。更可气的是，都这样子了，老爷子还不肯放手，说要找点稳妥的方向，你那些太冒险的，就不要搞了，免得把窟窿越捅越大。

罗宏瑞混上海的时候，常往拍卖行跑，没钱竞拍，只能看个热闹，圈里知道他是豪门独子，也乐得跟他交际。这爱好他保留至今，是他唯一的情绪出口。但钱也只能省着花，顶级的拍品他不凑热闹，保证金需要几百万元甚至上千万元，老爷子那边会嘴碎。一般的主推拍品他跟着抬价，差不多了就收手，让别人落槌，他过过干瘾。反倒是那些陪跑的新人画作，他会了解画家，研究技法，价格合适就顶价到底，一年下来，他也收了一屋子画，价值一飞冲天的一张没有，他自己却成了专门支持新人的"慈善家"。

就是在这一趟一趟的飞行、一次一次的竞拍中，他听人说了一些故事，受了一些启发，有了一个铤而走险的计划，只是，他还缺一张王牌。

第六章

鱼 饵

"我是废城大学最年轻的教授。"翻来覆去，陆昭说了三遍。他的酒量很好，肚子挺起来了，说话却还清楚，脸色也没有泛红，只是鼻子上出油，眼镜的鼻托总往下滑，稍微有损他的风度。

罗宏瑞坐在陆昭旁边，离得很近，能闻出他身上古龙水的牌子。公主坐在另一边，一边听他们讲黄色笑话，一边任陆昭摸她的大腿。

一个多小时了，卡拉OK已经唱回20世纪90年代，事情还是没有进展，陆昭既不说行，也不说不行。

废城在搞无人便利店招标，新市场配高科技，战略部研究了半年，认定这是一个不错的项目。他们出了一份投标计划，罗宏瑞又活动了一番，找到了项目的突破口——陆昭。

陆昭是废城大学的教授，也是新废城建设专家组成员之一，更重要的是，他还是市领导严自立的代理人。

中间人、经纪人、代理人、传话人，名头很多，在罗宏瑞看来都一样，它们是冷屁股里放出来的屁，两头装熟，两头吃。

罗宏瑞挨到小冯身边，吩咐去下一个地方，又举起一杯酒：

"陆教授，干了这杯，咱们换个地方。"

陆昭瞥了一眼手表："不早了，该回去了，罗总心意，我领了，干。"

"陆教授，喝了这么多酒，身上又是汗又是酒气的，多难受？咱们去泡个澡，蒸个桑拿，按摩按摩，舒舒服服的，再回家休息，不是更好吗？"

公主抱住陆昭的脖子，胸脯往他手臂上靠："对呀，哥哥，身上臭烘烘的，回了家，老婆要骂了。"

陆昭大笑，在公主胸口抓了一把："可别瞎说，我还单身呢。"

"那你还着急回去？单身就要多玩呀，结了婚的想玩都没得玩呢。"

"对嘛，陆教授，我和你见了这么多次，每次都在这种地方，吵得很，都没好好聊过，你平时工作又忙，下次见面还不知道什么时候，怪可惜的。"

"远吗？"

小冯凑到跟前，说："就隔一条街，开车过去，五分钟就到。"

公主抓着陆昭的手直晃："去嘛，去嘛。"

"好，走走走，欸，你去吗？"

罗宏瑞向小冯做个手势，小冯立刻起身，刚要走出包房，又被罗宏瑞拽住。

"再约一个。"

"有这个必要吗？"

罗宏瑞朝包房里瞧了一眼，那公主已经压在陆昭身上了。"你以为他为什么强调自己年轻？"

下了车，五个人进了水疗中心，大堂灯火通明，罗宏瑞这才看清两位公主的相貌，浓妆艳抹，柳叶弯眉；打扮也都相似，上衣紧身露腰，下着短裙，显出一双长腿，的确能勾起男人的性欲。

小冯安排了房间，跟罗宏瑞说了几句，便出门抽烟去了。罗宏瑞让两位公主在水池里泡着，自己带陆昭进了桑拿室，两人脱得精光，各围一条毛巾，挡住私处。

"陆教授，你也是留学回来的吧？"

"对，康奈尔大学，伊萨卡的冬天，又冷又迷人。"

"那我们很近，我在纽约。"

"纽约大学？"

"不是，我那学校上不了台面，就不献丑了。陆教授，你对美国印象最深的是什么？"

"你都问得这么深入吗？"

罗宏瑞笑了："肤浅的不都聊完了吗？"

"我在美国待了七年，跑了三十多个州，你知道我最爱去什么地方吗？大公司的总部，互联网的、汽车的、化工的，哪怕是沃尔玛这种零售公司，让参观的我就进去，不让参观的我就外边瞧两眼，去得多了，别人都怀疑我是商业间谍。我就是佩服人家那种对高科技的敏感和投入，他们看重的不是这个时代的领先，也不是下一个时代的领先，而是要不断扩大这种优势，永远领先下去。"

隔壁姑娘们在互相泼水，咯咯咯的笑声听得人心神荡漾。

罗宏瑞说："说得是啊，所以咱们才更要奋起直追，在高科技领域加大投入才行。不过话说回来，我们也不能在不起眼的地方放松警惕，有些行当看起来又小又老，其实都很关键，让给外国人就亏大了，到时候，高科技我们没追上，传统行业又被人蚕食。"

"你说话不用绕弯子，我知道你盯上了无人便利店招标的项目，但这事不归我管哪。"

"废城的新闻我看得少，头两条听完就关了，所以也只知道整体规划是严老提的，我没说错吧？"

"是他老人家提的没错，具体负责的是发改委。你啊，拜错佛啦！"

"有的佛沉在江底，有的佛伸手就能遮天。"

"刚刚还在说美国呢，怎么就说到佛了？"

"您要谈佛，我就陪您谈佛，在西方讲科技，在咱们这讲佛理，都一样，说到底，还不是看谁说了算，您说呢？"

陆昭扯下毛巾，赤裸着身子游向对面，他潜在水底，应该是憋了很长一口气，直到靠岸才从水下浮上来。他转过身，伸手抹去脸上的水珠，又理顺了头发——他的头发还很浓密，即便打湿了，也看不出发间的缝隙。他没有戴眼镜，眼睛很大，哪怕隔了五六米的距离，似乎还能将对面的人看个仔细。

所以，罗宏瑞不太确定，他是否在观察自己的长相；是否意识到自己微胖的身形，配上女相的五官，有一分禅意。

"过两天，他老人家有一个在学校的活动，我帮你弄入场证。"

"谢谢，谢谢。姑娘们，进来吧。"

门被推开了，她们浑身湿透，昏黄的灯光下，关键部位若隐若现，令人浮想联翩。

"陆教授先去吧，我再蒸一会儿。"

"那我不客气了。"

陆昭消失在门外，罗宏瑞放松身体，躺倒在椅子上，想到陆昭马上要扑到公主身上拱来拱去，舔得她们满脸口水，胃里不免翻腾起来。

警方通报

2018年8月11日××时，废城市公安局××派出所接警称，一男子在辖区内某小区死亡。

接警后，废城警方立即赶赴现场处置，并在东湖某小区出租屋内发现一具男性尸体。经初步调查，死者曹某（男，27岁）系上吊身亡，初步排除他杀。目前，事件正在进一步处理中。

废城市公安局

2018年8月12日

警方的通报已经被转发了上万次，点赞最多的一条评论是质疑他们为什么还不将龙镇抓起来。

"'很遗憾以这种方式认识你，愿天堂没有网络暴力。'哎呀，早干吗去了？你活着的时候，要供他发泄正义感、优越感；你死了，还要帮他排泄同情心。你现在知道自己在网友心目中是什么了吧？"

从上海回来之后，何畏就比较亢奋，一会儿指点江山，一会儿安排曹洵亦的创作计划。曹洵亦问他是不是画卖出去了，他说还没，但有目标了，曹洵亦又问他目标是谁，何畏说要保密。对这种似有似无的希望，曹洵亦本已习惯，可搭上周小亮的性命之后，他还是会感到慌张和愤怒。

他此刻站在窗帘后面，一个牵柴犬的老人经过，老人没有抬头，倒是那条狗停下来与他对视了一眼。他心里生出一种奇妙的感觉，仿佛外界某种传染病正在肆虐，每一个感染的人都会愤怒、癫狂，唯独他躲在"掩体"之内，不但不会感染，还应对病毒的传播负责。

他要跟何畏谈谈，他不想再被这种罪恶和缥缈折磨了。刚到楼梯口，口袋里的手机响了——这是周小亮的遗物，发信人的称呼只有一个字——"妈"。

他"咣咣咣"下了楼，惊慌失措地拿给何畏看。

"先听她说什么。"

自周小亮死后，周大凤——也就是周小亮的妈——第一次发信息过来，就跟之前一样，还是语音："小亮，你人在哪儿啊？好几个月了，也不回来看一眼，你还认不认我这个妈了？你看新闻没有？你那个双胞胎哥哥死了，唉，作孽啊，我看别人说，他还在殡仪馆里放着，你要不要去看看他？唉，算了，你也不在废城，肯定懒得去，还是我去吧，都是我做的孽，我去送他最后一程，也好。"

她这话一放出来，曹洵亦自然着急，何畏也站了起来。

"消息传这么快？农村人也看新闻？农村人也看艺术新闻？！"何畏踱了个来回，忽然又停下，"你赶紧跟她说，你去就行了，不用她管！"

"谁让你把动静弄这么大？农村人都刷小视频你知道不？只要是热点，小视频都会播你知道不？"曹洵亦在手机上敲了一行字，还没点发送，"你确定？万一她说，她和我一起去，怎么搞？"

何畏晃动手指，连连点头："对对对！我想想！那个，那你叫她也别去了！"

退格，改几个字，点发送，周大凤立刻有了回音。

"我的天，我还以为你死在外头了欸，这都多少天了？你再不回我，我都要报警了！你上回打的钱没剩多少了，这回我没给老头子，你确实汇得太少了，你别嫌我费钱，要不是村里正好有奶孩子的，我厚着脸皮找人家买奶，你还得多出好多奶粉钱呢。欸，怎么说到这儿了？他怎么不是你哥了？说到底，也算一家人，我没养过他，他现在死了，我再不去看看他，我还是人吗？老天爷不得打雷劈我？你不想去就算了，我还是得去，后天下午你三表舅进城，我刚好坐他的车。"

"谁跟她是一家人？！她去停尸间里看我一眼，就可以算家人了？"曹洵亦用力按住手机，几乎要把屏幕按碎。

"冷静，现在不是搞道德批判的时候。我们先把情况梳理一遍，她现在认定死的是你，不是周小亮，但是如果她真去停尸间看了，她个当妈的，就算是双胞胎，也能一眼认出那是周小亮，到那时候，我们两个就白忙活了，说不定还要判个一两年的。不过，你也别怕，她后天下午才进城，我们还有时间，我们把人火化了，我就不信，烧成灰了，她还认得出来！"

"说得简单，你打算怎么弄？"

"你那个福利院叫什么来着？"

在消费者眼里，行业第一是初恋，第二是情人，第三是新婚之夜，第四是老夫老妻，再往后便没了性别，从来不被考虑。罗宏瑞对此深信不疑，他的公司养了三万多人，在行业里排十名之外，没有过一见钟情，也很少被人惦记。

便利店行业是一个竞争充分、地域性显著的行业，哪儿都有地头蛇，除了几个领头品牌能靠规模把成本压低以外，其他几十家从品类到价格都大同小异，没有谁是不可替代的唯一。

罗宏瑞本想坐守旧山川，无功无过地熬个十几年，等老爷子蹦跶不动了，再把公司卖给巨头，转战别的行业。可公司已经病入膏肓，若是不下猛药、不搞偏方，就要关门大吉，人财两空。

他不是没想过别的办法，往地县下沉，无奈知名度够，个体加盟商却观望不前；往大城市去，地头蛇和日系便利店早已布局，没有他的位置；他跑了一圈投资机构，人家嫌便利店获利缓慢，看都懒得看，连北京的便利店品牌都融不到资，遑论其他。最要命的是，不论他想什么办法，都绕不开那十亿元的资金缺口，它就像卡在他喉咙里的一根刺，疼得要命，又拔不出来。

所以，废城无人便利店的招标才成了罗宏瑞的救命稻草。"无人值守是线下零售的必然选择，以废城为试验田，向外彰显我们的品牌，向内推广无人模式，让更多的人认可我们，也降低用人成本，前者开源，后者节流。"在内部会议里，罗宏瑞是用这套说辞让老家伙们闭嘴的。

校园清风几许，吹得罗宏瑞起了困意。他已在湖边坐了快三小时，让小冯往礼堂来回看了四次，还是不见散场。

"罗总，是不是官当得越大，废话说得越多啊？"

罗宏瑞看着在自己手心爬的蚂蚁，摇了摇头："你以为他说的是废话，是因为你还年轻，不懂得揣摩。"

"还得多跟您请教。"

"先不论他演讲的内容，单说这地方，废城这一片大学里边，排名最靠前的是废城大学，经济效益最好的是废城邮电，但他偏偏来美术学院考察，你能看出里边的深意吗？"

小冯皱着眉头想了一会儿："看不出来。"

"年初的时候，上面开了个会，会上说，要注重文化软实力建设，要讲好中国故事，不能让外界老觉得我们只是历史悠久、制造业强大，我们得有一个新的文化输出形象。严自立来美术学院，就是为了响应这个会议精神，他的演讲表面上说给学生们，其实是说给上面听的。"

"哦，原来还有这一层意思。欸，他们出来了。"

罗宏瑞捏死手里的蚂蚁，将它的尸体弹向远处，起身往礼堂那边看了一眼，果然见礼堂里涌出一群人，一圈又一圈，簇拥着一个上穿白衬衣、下着黑西裤的中年男人——那便是废城市领导严自立了。他身边还有两个人替他挡驾，一个是他的秘书，另一个就是陆昭。

罗宏瑞和小冯跟在人群之后，等众人送到停车场，终于散去。严自立上了一辆考斯特，陆昭向罗宏瑞递了眼色，他才跟着上了车。

"严老，这位就是我跟您提过的罗宏瑞，罗氏商务的董事长。"

严自立闭着眼睛，也不看人，只是伸出一只手，罗宏瑞以为这是握手的意思，正要配合，旁边的秘书递过来一瓶矿泉水，严自立接了，"咕嘟咕嘟"喝两口，罗宏瑞尴尬地收回手，在裤子缝上擦了擦。

陆昭凑到严自立耳边："严老，罗总对您'新废城'的概念非常欣赏。"

"对。"罗宏瑞接过话茬儿，"废城是南方重镇，今年政府工作报告三次提到废城，资金、人才等资源都会向废城倾斜。严老提出'新废城'的概念，把废城的盘子做大，既响应中央号召，又提升人民幸福感，废城成为下一个超一线城市，那是迟早的事。"

严自立睁开眼睛，瞧了罗宏瑞一眼，还是没有说话。

罗宏瑞脸上堆笑："新废城的建设规划是5月公布的吧？我一直在关注，当时就想，未来是物联网和人工智能的时代，新废城肯定会在这方面发力，果不其然，连便利店这么不起眼的地方，也要用高科技武装，严老真的是高瞻远瞩，有您在，废城的投资环境肯定还要再上一个档次。"

严自立看了陆昭一眼，陆昭立刻推了推罗宏瑞的手臂："你说正事。"

"噢，我就是想说啊，我们公司一直在便利店这个行当里深耕，在民族品牌的便利店里，排名也非常靠前，我们最近五年投入研发的资金占销售额比例都超过10%，这高于中国商业公司的平均水准，在无人值守方面——"

"这些事，你该投标投标，该申请申请，不必找我。"严自立朝他的秘书招招手，秘书又拿过来一个眼罩，替他戴好。

罗宏瑞望向陆昭，看他也只摇摇头，便让小冯把拎在手里的纸袋拿过来："这是我们的一点心意。"纸袋还没落地，就被一旁的陆昭提了起来，那手疾眼快，仿佛罗宏瑞拿的不是一袋点心，而是炸弹。

陆昭将两个人拽下了车，车子便开走了，去得远了，陆昭才开口说话："大哥，有你这么办事的吗？你是谁呀？第一次见面就塞这种东西，你不要命，我还要呢！"

罗宏瑞苦笑："陆教授，这真的只是点心。"一旁的小冯把点心从纸袋里取出来，拆了包装，剥开点心，残渣掉了一地，"是我们那边的特产。"

陆昭瞪大了眼睛："你们、你们这出牌方式也太鬼了！"

"陆教授，规矩我懂，这么大的人物，哪能一见面就那么露骨？"罗宏瑞招呼小冯把另一只同样的纸袋给他，"这一袋是给您的，也是点心。"

曹洵亦考上美术学院的新闻还贴在展示窗里，照片上的他跟现在一样稚嫩，旁边的院长已经换了人。听曹洵亦说，他上到大三的时候，院长就死了，他专程跑回来参加葬礼，还代表孩子们上台讲过话。

何畏在接待处等了十五分钟，等来一个慈眉善目、体态丰盈的大妈。

"你好、你好，是惠利实业的赵总对吧？我是福利院的陈老师。"

"陈老师，你好。"

大妈握住了何畏身边那个胖子的手，胖子是何畏请来的，是他在古董卖场的同行，穿了一件不合身的西装，塞了一口袋刚印的名片——惠利实业有限公司，联合创始人，总经理，赵宪勇。

"这是我的助理，小何。"

大妈又握住了何畏的手："院长这会儿还在开会，就让我来接待你们，来，我先带你们参观一下。"

福利院面积不大，基本情况跟曹洵亦描述的一样，修得五彩缤纷，看着跟平常的小学没什么两样，差别也就在于围墙更高、大门更紧。

"我们千汇福利院呢，是整个废城、西久地区建院时间最长的儿童福利院，现供养儿童254人，有124人都是残疾儿童——"

"残疾比例这么高吗？"赵宪勇说。

"其实我们这个比例已经很低了，别的福利院的残疾比例会接近90%，弃婴还是以残疾婴儿为主，而且大人来领养的时候，也喜欢挑健康的孩子，残疾的就更容易被留下。"

"唉，可怜，本来就是被抛弃的人，还要再被抛弃一次。"

"是啊，所以我们真的很需要社会的帮助。"

何畏觉得时机差不多了："那曹洵亦呢，他为什么没有被领养？"

"谁？"

"曹洵亦，就是从你们这儿考上美术学院的那个，前段时间刚刚去世。"

"哦，他呀，我来的时候，他已经读大学去了。不过我听说，他本来有被领养的机会，为了照顾几个身体有残疾的小伙伴，所以就放弃了。"

"还有这种事？"赵宪勇说。

"他比较早熟吧，可能。"

"真是个好人啊。"

"好人命不长。"何畏后悔带这胖子来了，说来说去都说不到正事上，"赵总，要不先说说咱们的资助计划？"

"哦，对对，那个，我们公司呢，是打算尽一些社会责任，为福利院捐助一批生活用品。另外，我们还想办一场慈善募捐，以曹洵亦的名义。"

"是募捐给我们福利院吗？"

"当然。"何畏拿出一份印刷精美的宣传帖，"这是已经邀请到的公司名单，都是艺术品市场的公司。"

大妈将宣传帖展开，铜版纸、两折、设计精美、排版整齐，她或许已经开始想象这份宣传品发放到全国各地的画面了。但何畏知道，总共就这一份，今天早上在打印店弄的，上面的公司名字倒是真的——古董卖场里的骗子，谁不注册一两个公司？

"哎呀，这可太好了，我得赶紧跟院长汇报。"

"陈老师，还有个情况要说一下，我们听说曹洵亦的遗体现在还存放在殡仪馆里，如果募捐的时候，他还没有入土为安的话，恐怕不太合适。"

"噢，对。嘻，也怪我们，院里面实在抽不出人手，那个殡仪馆又在废城，离我们远得很，一来二去，就给耽搁了。"

何畏瞧了赵宪勇一眼："赵总，我们不是要回去吗，要不就顺路捎上他们？"

赵宪勇点点头："可以呀，我也想去看看曹先生。"

"你们真是好心人哪，那我赶紧跟院长商量去。"

"欸，行，我们等着您。"

看着大妈一路小跑，何畏又找回了当初骗老头儿、老太太的感觉了。果然，只有在这个年龄段打猎，他才能做到游刃有余。

"挺容易的嘛，你的铺子现在归我了吧？"赵宪勇笑得眯起了眼。

"着什么急？还没完呢。"

起床之后，曹洵亦就在手机上有一搭没一搭地跟周大凤说话，他发文字，对方发语音，假装熟悉的样子。

"你这几个月都在忙什么呀？也不回我的话，是不是找工作不顺利？你也别要求太高了，能挣钱，挣的钱能养活小河、能养活我，也就行了。洪师傅家的东子你还记得吧？他在温州搞装修，还缺人，一个月少说也有五六千的，要不你就跟他去吧，都是一个村的，互相有个照应也好。姓陈的又在外面赌钱了，你上次买的电风扇被他卖了，现在又热得很，我每天要给小河洗三回澡，他哭啊，有什么办法？你下个月还是要回来吧？小河满周岁，你别忘了。

"我这两天还怪想你哥的。唉，其实你们到底谁大谁小我也搞不清楚，当时就随便挑一个放那了，可能是觉得他比你苦，就把他当哥了吧。我看新闻说，他考上大学了，还会画画，论本事，他真比你强了一大截。可惜啊，怎么就走了，文化高也没好处，东想西想的，想不开了，就要做傻事。

"小河是个聪明孩子，这两天会叫人了，叫我奶奶，他知道姓陈的对我不好，平时跟他一点都不亲，看他从外面回来，还会往被子里钻。唉，也是家里没钱，他连个像样的玩具都没有，就家里的狗跟他玩。你回来的时候，给他买两样吧。他喜欢看车，尤其是大货车，我每回抱他到公路边，一有大货车过，他就笑。"

周大凤一发就是一大串，想到哪儿说到哪儿，曹洄亦听得心烦，尤其听她说自己"文化高也没好处""想不开了，就要做傻事"，便觉得这女人不但心狠而且反智，恨不得把手机都砸了。

他翻了周小亮和周大凤的聊天记录，学会了他跟她对话的语气，知道周小亮从没顶撞过周大凤，即便心里有火，也要忍着。他也庆幸周小亮不爱发语音，否则，他每次开口叫"妈"，都会犯恶心。

"妈，我在一家影楼当学徒，给人照相，现在钱少，过段时间钱多了，给你打钱。

"我看情况吧，不一定回得去，刚拜师进来，没有假。

"我到时候把生日礼物给他寄回去。"

周大凤也发了视频，画面里是周小亮的儿子，一个脸上总不太干净的孩子，长得和周小亮很像，曹洵亦仿佛看到了自己，尤其是这孩子也无父无母，甚至他可能更可怜，因为他并不知道他的爸爸已经被调了包。

吃过中饭，周大凤又发语音来了，能明显听出她坐在车里。

"妈，你上车了？你去废城了？"

"对啊，你三表舅说早点去，殡仪馆关门早，我也好早点回来。小河好高兴哦，这还是他第一次坐车。小河，给你爸爸笑一个，笑嘛。"

这比何畏预估的时间早许多，虽然曹洵亦也不知道他的依据是什么，但事情有变，总得通知那边才行。暗号发过去，过了几分钟，何畏打电话回来了。

"她到哪儿了？"

"刚上国道，大概一小时能到吧。你们呢？"

"我们在派出所。"

一听"派出所"三个字，曹洵亦的心提到了嗓子眼："你们去派出所干吗？"

"福利院搞过电子化档案，弄得太糙了，丢了一批户口，你的是其中之一，这么大的事，你居然不知道？"

"我没结婚、没买房，又没出过国，哪用得到户口？"

"也是。跟派出所掰扯清楚了，他们这边出个临时的，能证明关系就行，真的是搞笑，得先证明你活过，然后才能烧你的尸体。"

"你们赶快吧。"

"你拖住她。"

挂了电话，曹洵亦就骂娘，何畏说得容易，可他有什么办法拖住周大凤？他是个死人，不能出门，只能在手机上戳戳戳，还能戳出什么名堂？

"妈，你跟三表舅说，在服务区多休息一阵，人吃了中饭容易困，安全第一。"

"我们都过服务区啦，买了点吃的。你放心吧，你三表舅是老司机了，这条路他熟得很，没事的。小河，叫爸爸，叫爸爸。"

曹洵亦的头"嗡"地就大了，他们怎么这么快？到服务区至少也要半小时吧？

"你们搞快点，他们已经过服务区了！"

"怎么可能，你不说他们刚上国道吗？"

"我以为他们刚上国道，估计她跟我说的时候，就已经出门好半天了。"

"你说你，除了画画，还能干成什么事？！"

曹洵亦的火气也上来了："还不是你们非拖这么久！"

"我们拖？你——算了，我不跟你吵，你有什么神拜什么神吧！"

挂了电话，曹洵亦又叫周大凤拍了几张照片，看那样子，的确已经到了废城外围。他搜肠刮肚想了一会儿，实在想不出什么好办法，只得跟周大凤讲迷信，说像我哥这种情况，也算死不瞑目，你对不起他，现在去看他，他会怨你、会缠着你，还是不去的好。

周大凤四个字就把曹洵亦打发了："来都来了。"

又过十多分钟，曹洵亦发现周大凤说得没错，三表舅的确是老司机，知道抄近道，何畏还差两个路口的时候，他就已经停在殡仪馆大门口了。

"妈，你总不能把小河也带进去吧，小孩子不能看死人的。"

"欸，你这倒提醒我了，可我已经带来了啊，我能把他放哪儿？"

曹洵亦看着何畏的GPS定位，代表他的那个点在地图上一闪一闪，离殡仪馆越来越近了。

"妈，你去找个旅馆，先把小河放那儿吧。"

"你说什么胡话呢？他这么小，留他一个人我不放心。"

你当初不是把我一个人丢到福利院的吗？曹洵亦几乎要破口大骂了。

"那你先跟三表舅去办事，办完事再回来，到时候三表舅也能帮你看孩子。"

"哪这么麻烦？我不会看很久的，让你三表舅帮我抱着，我一会儿就回来了，他又不着急。"

他不着急我着急！曹洵亦看见何畏发来的文字消息——"在等红绿灯"，就差十几秒钟了，他顾不得许多，心一横，发送了"视频通话"的请求。

接通的时候，曹洵亦移开了摄像头，没有拍到自己。

"小亮，你人呢？来，让小河看看他爸爸，快点嘛，让他看你一眼，我再进去。"

何畏他们也到大门口了——“我们马上进去，门口那老太太就是你妈？”

“你去找个清静的地方。”

“哎呀，你咋这么啰唆？不看算了，进去好几个人了，我怕等会儿还要排队，先不跟你说了。”

曹洵亦戴上了口罩——他不敢在周大凤面前暴露自己：“小河！小河！我是爸爸呀。”

“你戴个口罩干什么？光露个眼睛，他哪认得出来？小河，叫爸爸，你看，认不出来吧？你把口罩摘了。”

周小河凑近手机屏幕，眼睛瞪得大大的，像一只好奇的狗崽子。

“我们影楼在装修，到处都是甲醛。”曹洵亦踢倒一把椅子，故意制造声响，“小河，叫爸爸！”

周大凤也跟着指导：“小河，叫爸爸，叫。”

周小河扭头望着周大凤：“捏捏……”

“我说了吧，他现在只会叫奶奶。你呀，还是要多回来，你是他亲爹，你不管他，谁管他？”

何畏又发来信息——“正在装箱。”

曹洵亦站起身，假装四下望了一眼：“妈，我换个干净的地方，你等一下啊。”

他在别墅里来回走动，尽量将镜头对准自己的脸，以免周大凤看出房子的陈设并非影楼。“等一下，这边也在弄，太难闻了。”他一边换地方，一边拿着锤子到处敲。

“好了，我们出来了。”

在周大凤的镜头里，曹洵亦看见何畏闪了过去，身边推着一个棺材样的箱子。他忽然觉得很荒诞，他在逼着周小河管自己叫爸爸，却不敢告诉他，他的爸爸就在他背后的箱子里。

"车子发动了。"

"过路口了。"

"拐弯了。"

确定他们已经开出去很远，曹洵亦挂断了视频，按了一句话过去："信号断了，算了，下次再看，我要开工了。"

"好嘛，我先进去了。"

曹洵亦知道，她进去之后，什么也看不到，她的两个儿子，一个就要变成灰烬，一个躲别墅里不敢见人。不知道为什么，他对她明明充满怨恨，这一刻，却为她难过起来。

第七章

三岔口

天已黑尽，除了虫鸣，周遭再无声响。忽然，凌乱的脚步声远远传来，陈兴国赶忙跳下床，赤条条地，鞋都来不及穿，一面提上内裤，一面翻窗而出，没走几步，一脚踩在石子儿上，钻心剧痛，他提起脚，斗鸡般靠墙直跳，嘴里呜呜有声，想叫又不敢叫。

那伙人正在砸门，乒乒乓乓，好一阵闹，闹醒了床上的孩子。陈兴国听见媳妇周大凤起身开门去了，他顾不得疼，一瘸一拐摸到牛圈旁，正想扒墙出去，再顺着水塘边的小路走脱，哪料到家里养的那条狗竟然跟了过来，叫了两声，似在邀功。

那伙人绕到屋后，几把手电相交，将陈兴国逮个正着，少不了一顿毒打，打得他牙齿松动，满口生腥。

陈兴国跪在门槛上，眼前是一条大棒点地，耳边听得一伙人在屋里边搜边砸，脏话一句脏过一句，到最后，没得砸了，消停下来，只能听见周大凤抱着孩子不住安慰，却也止不住孩子的啼哭。

提着大棒的人怒吼一声："抱出去哭！"

周大凤慌忙出了门，哭声远去，屋里忽然安静下来。陈兴国微微抬头，碰上几双凶狠的眼睛，心里发虚，又低下头去。

"航哥，只有两个手机。"

航哥一口浓痰吐在陈兴国头上："这值几个钱？"他将大棒搁在陈兴国肩头，"你家里要啥没啥，还敢赌这么大，也是个狠角色。说吧，啥时候还？"

"航哥，我儿子在外面打工，年底了寄钱回来。"

航哥一棒打在陈兴国腮帮子上："我还要等你到年底？！"

陈兴国顾不得嘴里吐血，两手作揖，带着哭腔说道："航哥，我真是没办法了，鱼都死了，家里能卖的我也卖了，我要是能弄到钱，敢不还吗？要不然，你们把我女人弄去卖了，卖的钱都归你。"

又是连着两棒打在他身上："这岁数谁要？偷也好，抢也好，一个月内还清，到时候老子见不到钱，不光卖你女人，老子还要卖你！走！"

一伙人去得远了，陈兴国才敢起身，身子晃了两晃，只觉得腿都快断了，出去找了一圈，终于在池塘边找到了周大凤，她正在池塘边低声啜泣。

"哭哭哭，你就晓得哭！"

"你到底欠了多少啊？叫你不要赌了，你不听，现在人都打上门了！小河下个月的奶钱还没有着落，你这么赌下去，要把他饿死？！"

"他亲老子都不管，我凭啥管？"陈兴国坐到石头上，拍了一会儿蚊子，拍得骂娘，又摸出手机刷起短视频来，"你给他打电话，叫他快点寄钱回来。"

"他寄回来，你又拿去赌？！再说了，他哪有钱？他刚找到工作，一个人在大城市，养活自己都难，还要给你擦屁股！"

"他就没朋友？找朋友借总行吧。父债子还，天经地义！"

周大凤不吭气，只轻轻晃动怀里的孩子。

"叫你打就打，他不出钱，我就把他儿子卖了！"

周大凤还是没说话。

陈兴国盯着手机屏幕，屏幕映得他满脸油光，他心里烦躁，怎么看也笑不出来，正准备关了手机，屏幕上忽然弹出一张照片，配着底下那行字，惊得他心脏几乎停跳："你看这个！"

周大凤瞧了一眼，没吱声。

"你看清楚没有？你看这个人是谁？"

"哎呀，就是长得像嘛。"

陈兴国挠着痒处："这也太像了，简直一模一样。也是，你儿子哪有这本事？"

来了多少电话，收了多少短信，龙镇不记得了。他换了两次号码，两次都被身边人泄露，污言秽语昼夜不断地涌进来，令他不胜其扰。

他确实没想到那个人会自杀。网站找他的时候，就跟他讲明，这是一档审丑的节目，供他羞辱的"艺术家"都是演员，他代替观众发泄对江湖骗子的不满，怎么爽怎么来。龙镇当时也只觉得年轻人演技过关，演出了那种场景下该有的样子。节目效果如预料一般，网友钟情他毁灭"艺术品"的段落，二次创作的传播也格外广泛，他的名声顺势上了一个台阶，节目的第二期、第三期也都提上了日程。

然而，好运一下就用光了，年轻画家的死讯传出，警方又将自杀坐实，舆论立刻倒戈，人人举起反旗，将矛头指向龙镇和节目组。

"艺术是一种主观表达，它不需要得到大多数的认可，也不需要得到妈妈的认可，你有权不喜欢它，却无权毁灭它，更无权堂而皇之地羞辱它。"这种中立克制的评论并没有引起共鸣，真正刺激网民疯狂转发的是另一句话——"掌握子弹，可以杀死人民的英雄；掌握舆论，可以让人民杀死英雄。"

他们喜欢这样的辩护：人民不会犯错，即便犯了错，也是因为受人误导。龙镇就是这个人，他那场惹人发笑的表演成了指控他的罪证。每个人都拿着放大镜对准他，放大他的言行，好指引天上的太阳将他烧死。

而对曹洵亦，大众的态度也已180度转弯。起初，说曹洵亦的画有可取之处是危险的，因为与众不同就是装腔作势；他死后，说他画得不好是危险的，因为死者已经披上国王的新衣；再往后，不赞美他则是危险的，因为只有大声赞美才能洗脱逼死画家的嫌疑。

当然，龙镇的嫌疑无法洗脱，即便他保持沉默；即便同行为他辩护，说曹洵亦的作品确实一般，龙镇行为过激只是节目组的安排，大众也不会理会，他们的审判所本来就没有辩护人的座位。

开展前一小时，龙镇将展位设计的负责人骂哭了。他为人清高，平时也没这样暴躁，冷不丁发一通脾气，自己也觉得过火。

展馆外排了很多人，他走到大门口，好让排队的人看到自己，有几个对他指指点点，他也不以为意，冲大家点头微笑，正要转身回办公室，忽然被人叫住。

"龙老师，好久不见。"

是一个穿着精致的胖子，脸上挂着笑容，龙镇一时想不起他的身份，犹豫中看见他手腕上的百达翡丽，便伸手握住了他的手："不好意思，您是？"

"我叫罗宏瑞，我们一年前在上海佳士得的春拍会上见过，32号，还记得吗？"

并不记得。"噢，我想起来了，当时你是在……嗯，在拍哪幅画来着？"

"蒋如台的《寒潮》。"

"噢，对对对。"龙镇已经不记得那幅画的买主是谁，"今天也有他的作品，是上个月刚完成的新作。"

龙镇陪着罗宏瑞穿过大厅，就着经过的作品寻找话题，对方连连应声，略显敷衍，龙镇料定此人有事相求，便带他进了自己的办公室，关了门，倒了茶，聊了会儿闲天，终于磨出实情。

"你提了一个很奇怪的需求。"

"现在大家都谨慎，您是知道的，前人出了事，后人就得做缩头乌龟，是吧？"

龙镇晃了晃脑袋："我不知道，我就是个策展人，不懂你们的花花肠子。我有我的品位，也有我的招牌，凡是挂在我馆里的，都是我欣赏的作品，我不会估太低的价，那是羞辱他们；也不会估太高，卖不出去，对谁都没好处。圈子都信任我，只要是我推荐的，但凡有点小名气，总有人抢着要。所以你说的那种，价格低、没人看好，但拿去拍个高价又不会惹人怀疑，还能做长线的作品，说实话，我没见过。真要有，麻烦你也跟我说一声，大家一起发财。"

"我猜到你这里可能没有，我自己有一个人选，也是别人推荐的——曹洵亦。只要你松口，稍微认可他的价值，他就能满足我的要求。"

龙镇笑了，笑得直不起腰来。他前几天仔细看过曹洵亦的画——节目组将《噪声》送他了，算是留作纪念——他还是无法忍受作品中的模仿痕迹，以及自作聪明的隐喻。他想清楚了，就算重来，他还是会打击他，就凭四十多年的文化修养和艺术评论家的尊严。

　　"对不起，我无法满足你。"

　　"龙老师，我是真心实意想跟你合作。"

　　"我也是真心实意地拒绝你。"

　　一个保安走了进来，在龙镇耳边说了两句，龙镇脸上的肌肉抽动一下，转瞬又恢复了原样："我去看看。"

　　当龙镇被网友骂得满头包的时候，何畏与曹洵亦正躲在别墅内发笑。

　　　　我觉得很好看。

　　　　这就是艺术。

　　　　狗屁专家懂什么艺术？

　　　　我们中国的大师就是这么被埋没的。

　　网上的评价渐渐燎原，烧起来的都是灌木和枯草，参天大树则置身事外。偶尔也有两边都不得罪的发声，说曹氏固然画得不好，但也没有龙镇说的那么不堪。

　　"说到底，普通人更需要一个你这样的代言人。"何畏用啃了一半的鸡爪指着曹洵亦，"你想想，谁没被权威压迫过、欺负过？不是被领导，就是被父母，好不容易出个方案，甲方说这里不对，那里要改，答题写得跟标准答案不一样就要被扣分，想过自己喜欢的生活也不行。有父母、亲戚管你，有社会传统管你，这些是什么？是强者对弱者的霸凌！

"那些怀才不遇的人，那些抱憾终生的人，那些被人误解、有口难辩的人，那些身后光芒万丈、身前一文不名的人，哪一个不是躲在阴影里、独自面对误解和中伤的悲情英雄？大家歌颂你，就是为了给自己叫屈，这世上啊，根本没有伯乐！

"你离他们如此之近，看起来如此鲜活，无限接近他们的真实状态，却被活活逼死！你用自己的死让他们找到了情绪宣泄的出口，他们现在可以大声喊出以前不敢说的话：是这个世界错了！

"曹洵亦，你不是艺术家，你不是画家，你不是一段谈资，你不是一种论据，你是一种革命！"

何畏还记得昨晚与曹洵亦的交谈，两人干了一杯又一杯。在酒精刺激下，他们仿佛站在话剧舞台上，对着黑暗中的、不知面貌的台下观众，慷慨激昂地念白。

在那之前，他已经和那个叫罗宏瑞的人取得了联系，交流了一小时，获得了基本的保证，万事俱备，只欠东风……

此刻，何畏走进了龙镇的美术馆，身边跟着几个老头儿、老太太。他在主厅内环视一圈，见保安的注意力并不在自己这边，便将画和架子从背包中取出，迅速撑开，立得很高，提了一口气，大声喊道："大家看！这才是最应该在这里展览的作品！"

何畏一嗓子将展厅的几十个人全喊了过来，两个保安也赶了过来，还没走到跟前，就被老头儿、老太太拦住了。

何畏赶紧开始解说："大家好，我叫何畏，是曹洵亦的朋友，这是他临死前的最后一幅画，是他的自画像。"

很多人都拿出了手机。

"我不知道他最后几天是怎么度过的，怀着怎样的心情，但从画上的神态来看，他很坦然，坦然接受了自己的命运。"何畏挺起胸膛，挥舞手臂，"有人说过，表达是一种自由，不被理解也是一种自由，他释然了，即便某些人对他恶言相向，某些人将他拒之门外，他也不会在意——"

更多的保安冲进了展厅，身后还跟着龙镇。

"先生，请你离开。"

"别碰我！"何畏高举双手，护住曹洵亦的自画像，"走开！这幅画就应该挂在这里！这里不是艺术的殿堂，而是它的坟墓！"

"你叫何畏是吧？"龙镇走到了何畏面前，"我记得你。请你不要扰乱展览秩序，有什么问题，我们可以私下沟通，你再不走，我就叫警察来。"

何畏大笑："哈哈哈哈哈，大家瞧瞧，这位就是大收藏家、大评论家——龙镇先生！你还有脸叫警察？你自己就是杀人凶手，逍遥法外还这么嚣张，你是要自首吗？！"

龙镇没理他，推了保安一把："你们愣着干什么？把他架出去！"

七八个保安涌了上来，何畏被抬了起来，两腿乱蹬，又有两个保安跑去拿画架，老头儿、老太太赶紧冲过来帮忙。双方挤在一起，又喊又闹，斜刺里忽然冲过来一个保安，帽檐压得很低，扯住画像边框，手腕下压，刺啦一声，将画像撕成了两半。

这一声格外刺耳，展厅内顿时安静下来，何畏哀号一声，周围人也松开了手。他跪倒在地，捡起画像的残骸，捧在怀里，好半天才抬起头，死死地盯着龙镇，从牙齿间挤出两个字——"凶手！"

那些拍摄的人转动镜头，对准了龙镇的脸。

一天之后，何畏和罗宏瑞在一间茶室见面。

两人早已商定，如果龙镇拒绝罗宏瑞，他们就把他搞臭，逼迫同行跟他划清界限。果然，"龙镇指使保安撕毁曹洵亦遗像"事件曝光之后，凡是以前跟龙镇站一边的艺术家，都遭到了网友的攻击。骨头硬的沉默以对；没那么硬的就说自己看走了眼，承认曹洵亦是不可多得的天才。

"你号的那两声很有感染力，我都差点流泪。"

"还是冯秘书力道准，当场就把画扯烂了，我还以为亚麻布会很费劲呢。"

小冯笑着说："我也担心不好发力，一摸，画框中间是断的。"

"这都是老本行了，执行层面，你们大可放心。"何畏又给自己满了一碗茶，"罗总，现在可以说说你的计划了。"

"你先告诉我，曹洵亦留了多少幅画？"

"五十多幅吧，还有几本素描草稿。"

"我全要了。"

何畏嘿嘿一笑："罗总，你觉得你出多少钱，我才会接受呢？"

"我知道，不论我出多少钱，你都不会接受。所以，我想先跟你讨论一个问题，你觉得人类在制度层面最伟大的发明是什么？"

"一开始就这么深入吗？"

"我看得出来，你不是一个肤浅的人。"

何畏瞅着面前的一对裸体茶宠，略一沉思，回答说："应该是法律吧？"

"怎么讲？"

"荀子说，人的天性会导致恶果，为了克服这种天性，就必须有道德和法律的约束。而道德是软弱的，唯独法律才有足够的压迫力，防止人类堕落。这样想的话，法律的确是人类在制度层面最伟大的发明，因为人类不仅发明了它，还心甘情愿地屈服于它。"

罗宏瑞轻轻晃动茶碗，清澈的茶水倒映着他镜片上的反光："荀子是这样说的？"

"也不全是，我虚构了一些。"

"看不出来，何先生还是个哲学家。你想听听我的答案吗？"

"当然。"

"我认为是公司。"

"怎么讲？"

"在这个社会里，我们每个人要活得足够舒服，就必须找到适合自己的位置，并在这个位置上创造价值。但人生短暂，试错成本很高，而且大多数人都只是庸人，作为个体，他们做不出什么成就，唯有把他们团结起来，置于聪明人的领导之下，才能产生所谓的价值。什么东西能使人团结呢？利益。哪里有利益呢？公司。"

何畏没想到罗宏瑞也是个爱讲道理的人，惊觉遇到了高手："我长这么大还从没在公司上过班。"

罗宏瑞笑说："因为何先生也是聪明人，聪明人都受不了公司的约束。"

"可是，这和曹洵亦有什么关系？"

罗宏瑞喝掉茶碗中的茶，又拿起茶壶往茶宠身上浇了些水，俄而抬起头，面上依旧带着笑意："何先生，我们可以一起公司化运作曹洵亦的作品，甚至是曹洵亦这个人。"

他说"曹洵亦这个人"的时候，何畏心中一凛，以为他意有所指，转念一想，他应该是把曹洵亦类比为一个品牌。"我暂时看不出这么做的必要，我只是想卖画给你。"

罗宏瑞沉吟了一会儿："行吧，我确实也想买。不过，我的提议你可以慢慢考虑。"

"你出多少？"何畏确认过，自己和曹洵亦的存款加起来还有两百多块钱，古董铺子又给赵宪勇了，是死是活，或许就在罗宏瑞的一口价了。虽然他有底价，但他没有死守的资本，不管对方报价多少，他都只有一个选项。

美术馆今天来了一个形容猥琐的老头子，龙镇心里有气，又闲得慌，便在办公室见了他，只听了第一句话，就后悔了。

"是这样，我看新闻说你要为曹洵亦的死负责，就跑来找你了，欸，我呢，也不想把事情闹大，你毕竟也是个名人嘛，闹大了对你不好。这样，你赔我点钱就行了，放心，以你的身家来说，都是小钱。"

"先生，你不看新闻吗？他是自杀，跟我没有关系。"

对方笑了，干裂的嘴唇上挤出一丝血来，他不慌不忙地提起袖子擦掉，又低头看了血迹一眼，另一只手摸出一张照片，递到龙镇手中："忘说了，我是曹洵亦的爸爸。"

"曹洵亦是孤儿。"

"孤儿也是人生的，难不成从石头里蹦出来？"

龙镇又盯着老头子的脸看了半晌，忽而大笑，就像遇到拿玩具枪的劫匪："我见过曹洵亦，你跟他长得不像。"

对方倒也不慌，又从口袋里摸出几张照片："我老实跟你说，我叫陈兴国，我跟媳妇是二婚，我是曹洵亦的后爸。这是他刚生下来的照片，这是我媳妇抱着他，这是我在他小学和他照的，还有中学毕业照，信了吗？"

龙镇捏着照片，就着阳光看了一会儿，摇摇头："先生，天底下长得像的人很多，而且在照片上作假也不难。"

老头子有些急了："这怎么会是假的呢？我一个农民哪懂作假？我一把屎、一把尿把他拉扯大，现在被你给整死了——"

"最后再说一遍，他是自杀。"

陈兴国往走廊外瞥了一眼："网上的新闻我都看了，都在骂你呢。我们当爹妈的要是也闹起来，你这地方肯定开不下去。反正报纸、电视台都找我了，他们想采访我，我还没同意，就是想先看看你的态度，你说呢？"

龙镇平日爱打德州扑克，没有人可以在他面前伪装同花顺："福利院都不知道他的父母是谁，媒体怎么找得到你？"

陈兴国一时语塞："我、我自己登报的，不行吗？"

"哪天？哪家？哪版？"

陈兴国再次沉默。

"农村发行量最大的报纸是《大众晚报》，是这个吗？"

"不是！"

"那就只能是《南方导报》，整个西南片区还在经营的商业报纸就这两家了。他们家主编我认识。"龙镇说着拿出了电话——

陈兴国往后倒退两步，恶狠狠地瞪了龙镇一眼："你等着！"

见他灰溜溜地逃了，龙镇的心情好了起来。

他回到办公室，乏了睡，睡了醒，醒了又乏，间或看看手机，朋友圈已经有重新评价曹洵亦的文章了——拔高他的作品，也拔高他的精神。他们不再避讳龙镇，大张旗鼓地站到了他的对面——他明白，这是一个危险的信号。

《从王希孟到曹洵亦，那些英年早逝的中国画家》
《曹洵亦死了，逼死人的霸权并不只存在于艺术界》
《我把曹洵亦的作品拿给芝加哥艺术学院的教授看，他说……》

他们给曹洵亦翻案，过不了几天，国家美术馆或许就会收藏他的作品，市中心会为他塑像，学生也会将他写进作文，捧为向往的榜样。

死者为大，这道理谁都明白，但谁都不敢点破。因为他死了，他就成了众人追捧的大师。

龙镇琢磨着写个自白书，再请媒体辩护几句，总比坐以待毙的好。还没安静几分钟，门又被敲响，走进来几个熟悉的面孔——是美术馆代理的艺术家们，总共七个人。

"什么事？"

"龙爷，我们来说合约的事情。"开口的叫蒋如台，唯美主义油画家，在这些人里面名气最大，起拍价最高，"下个月就到期了。"

合约到期，艺术家们会提新的条件。若说摆资历，恐怕没有哪个行当比艺术更着急，老上一岁，恨不得价格翻番。龙镇将他们挨个儿扫了一眼，哪些分成可以提，哪些分成不能动，哪些什么条件都能谈，哪些要另请高明，他心下了然："嗯，你们放心，经纪部的同事会跟你们挨个儿谈。"

"不是，龙爷，我们的意思是，到期之后就不续约了。"

龙镇停住伸向火柴的手，抬头看了蒋如台一眼，又扫了一遍其他人，他擦了根火柴，点燃烟斗，看着火柴在手里熄灭，然后才说："你们都这么想的？"

"嗯，都这么想的。"

龙镇叼着烟斗，透过烟雾盯着对面的人，仿佛看一幅画满叛徒的古典群像："世态炎凉，人心不古呀。"

"龙爷别这么说，咱们签的是代理合同，在商言商，到期了不续约，也是按条款办事，天下无不散之宴席，您说是吧？"说话的还是蒋如台，只有他够种跟龙镇叫板。

"你们看我现在倒了霉，小人都跳出来咬我的脚脖子，你们要为自己打算，我也理解。但是，蒋如台，你别忘了，没有我龙镇，你现在还在县城中学教美术，你的画，若不是我四处推荐、送展，能到什么价钱，你比我清楚。"

蒋如台耳根发红，一边说一边两手做动作，以壮声势："龙爷，你提携过我不假，推荐我的作品也是事实，但卖出去的画你都按合同抽了成，没让你白干，咱们是合作关系，互利互惠，没有谁欠谁的。现在我想往前走一步，又有大画廊肯代理我，我很难不动心。"

龙镇的好脾气终于耗尽了，他把烟斗往桌上一砸："滚！都给我滚！忘恩负义的东西！离了你们，我龙镇就混不下去了是吧？滚！别在我这里碍眼！"

他们走了没多久，龙镇又难受起来，心里不住慨叹，亲手种的摇钱树成了精，长出脚自己跑了。他生性高傲，从来说一不二，拉不下脸再去求他们，生了一阵闷气，只顾把曹洵亦骂了七八十遍，恨不得拆了他的棺材，挫他的骨、扬他的灰，将他留在世上的一切都付之一炬——

　　就在那一瞬间，龙镇忽然又想起那个农民来，他站在落地窗前，望着玻璃上搓脚的苍蝇，思索着如何找到他——难道，他也要去登报吗？

第八章

继承人

"各位朋友，我身后这个呢，就是已故画家曹洵亦生活了十七年之久的千汇福利院。从外观来看，这个福利院还是比较破旧的。我们走近一点看，嗯，看，大门上都是铁锈。从这个位置能看到里面的情况，那边有几个小朋友在荡秋千，我们试试能不能进去。"

举着镜头的漂亮姑娘走到门卫处，一番交涉之后，对方开了门。

"朋友们，我进来啦，先给大家看个全景，我转一圈。欸，我最近真的有练臂力，你们看是不是稳得多了？那边是操场，然后是小花园，一栋楼，又一栋楼。嗯，那边应该是食堂。欸，最后这个是什么？好奇怪的布置，难道是一个迷宫吗？唉，一想到我的偶像曾经在这里长大，就有点难过，想哭！我……"她停下来哭了一会儿，不忘用镜头对准自己泪水涟涟的脸颊。

"之前就有水友说我爱哭，其实也不是啦，我平时真的不太爱哭的，只直播的时候，就比较容易动情。那边有几个小朋友，我们过去看看。这个塑胶跑道都已经起胶了，应该有些年头了。

小朋友，你们好啊，能不能告诉姐姐，你们都在做什么呀？"

说是小朋友，其实是两个孩子和一个大人，大人坐在秋千上，歪着脑袋，衣服脏兮兮的，嘴角还挂着口水。看见陌生人来了，一个孩子缩到了大人身后，另一个看着镜头，回答道："我们在玩。"

"噢，哈哈哈，朋友们，我又问白痴问题了。小朋友，你们知道曹洵亦吗？"

两个孩子都摇头，大人哼哼了两声。

"就是一个很会画画的大哥哥，也是你们福利院的噢，没听说过吗？"

后面的孩子在大人背后推了一下，秋千荡了起来，大人笑了出来，前面的孩子忽然问："是马良吗？"

"欸？不是马良，是曹洵亦。你们福利院的孩子是不是都姓曹？你们姓什么？"

"我姓余。"

"我也姓余。"

"你呢？"姑娘问一直在笑的大人。

"他叫老唐，他是个傻子！"

"他不会说话！"

"他会说话，我听他说过！"

"我没听过！"

两个孩子争了起来，大人却笑得更欢了。

"欸，朋友们，福利院的孩子不都姓党吗？为什么他们的姓不一样？得找个人来问一下。这地方还是蛮小的，可能也就半个小学的大小吧。嗯，这栋楼应该是办公楼了。哇，大家看这里，我把镜头靠近一点，能看清楚吗？画在墙上的涂鸦，不愧是培养出曹洵亦的地方啊，孩子们都蛮有艺术细胞的。过来了一个大人，我们来问问他。欸，你好，我是主播水冷夜夜心，请问你是这间福利院的工作人员吗？"

镜头里出现一个着装周正、头发稀疏的老人："我是院长。"

"哇，朋友们，我们运气也太好了，随便一问就问到了院长。院长你好，我这次来呢，是想带大家看一看曹洵亦成长的地方。"

院长点点头："嗯，曹洵亦是我们院的骄傲，这几天我们也在整理和他相关的材料，要不，我带你去他的房间看看？"

"好啊，好啊！朋友们，出乎意料地顺利呢。院长，我想问一下哦，为什么曹洵亦会姓曹呢，一般福利院的孩子不都姓党吗？"

"以前有姓党的、有姓国的，其实都是不成文的习惯而已。现在不一样了，与时俱进嘛，而且我们的孩子终究是要走向社会的，我们不希望他们因为姓氏被人看穿出身，所以就不统一规定姓氏了，都是每年春节抽一次签，抽到哪个姓，这一年的孩子都姓这个。"

"噢，这倒是蛮人性化的规定呢。院长，像曹洵亦这样完全在福利院长大的孩子，考上大学的多吗？"

"从全国总体来看，是比较少的，福利院条件有限，而且很多孩子都有这样那样的缺陷。曹洵亦的确是一个奇迹，他当初考上美院，还上了报纸呢。到了，这里就是曹洵亦以前住的房间。"

镜头挤进一间逼仄的小屋，屋里有一张书桌、一张单人床，通往阳台的地方还摆了一个画架。

"陈设很简单，这些东西都是他的吗？"

"对，都是他的，我们没动过，这些画以前是放在抽屉里的，我们给贴到墙上了。"

"哇，我挨个儿拍给大家看啊，这一幅画的是福利院大楼，这一幅画的是一棵树，这一幅画的是什么，迷宫吗？"

"对，是一个迷宫，我们正在把这个迷宫实体化，作为一个大型雕塑安排在院里，因为我们觉得，对孤儿来说，他们的人生就是一座迷宫，他们一生都在努力寻找出口。"

"唉，是啊，曹洵亦就是想找到自己的出口吧，说得我又想哭了。"

曹洵亦在手机上看了这个视频，水冷夜夜心的名头他听说过——五百多万粉丝，去过一百多个国家，是旅行领域最红的主播。他从未料到，有一天，她会去自己住过的地方旅行，并向他转达如此多的谬误。

那个房间并不是他的，他从没住过单人间，墙上的画也不是他的手笔，什么迷宫雕塑更是无稽之谈，甚至那个院长他根本就不认识。

他唯一挂念的是老唐——那个在秋千上傻笑的成年人。他总是担心老唐，担心自己不在的时候，老唐会耍性子，会不肯洗澡，不肯睡觉，会发脾气，会用头把别人撞翻。

还好，还有人陪着他。

约定的敲门声忽然响起，曹洵亦开了地下室的门，何畏站在外面，怀里捧着一捆一捆的钞票，脚下一个旅行袋也装得满满当当。

他眨了眨眼睛："兄弟，第一桶金。"

曹洵亦拿了一沓钞票在手里，翻了翻，钞票发出哗哗哗的声音："这是真的？"

"那不然呢？我们那点余额，买假钞也买不了这么多啊！"

"人家给的现金？"

"没有，我特地去银行取出来的，跑了好多个网点呢。"

"为什么非要取出来？"

何畏将手里的钱砸到曹洵亦身上："为了让你高兴高兴！"

何畏告诉他，买主叫罗宏瑞，是个大老板，喜欢收集年轻画家的作品，本来想全收，他没干，只出了三幅，一口价一百万，一次性付清。

"你不是说要拍到一幅一百万吗？"

"别急嘛，我之所以选他，是因为他能马上把画送拍，我们要的是这一百万吗？这都是蝇头小利，我们要的是拍卖行的成交记录！是第一次参拍就拍出大价钱，唬住那些人！我便宜卖他三幅，是提了条件的。"

"什么条件？"

何畏坐到地上，将一摞摞钞票分成两堆："一周之内，他必须至少送拍一幅，而且每一幅的成交价不能低于两百万。"

"两百万？！"

"看人下菜，懂吗？他也是圈子里的老油条了，得给他加点难度。"

"我是说，一幅画他就收回成本，还净赚一倍。"

"难得大画家也心疼钱了，好！太好了！放心，他总共就三幅，卖再好也是为我们铺路，我们还有五十多幅呢，而且你可以不停地画下去，大钱还是我们挣。"

曹洵亦看何畏把钱分得一堆多，一堆少："不是平分？"

"那哪儿行啊，你是大画家，我就是个跑腿的。再说了，你不还得分给周小亮的儿子吗？"

"也对，你赶紧存银行去，我晚上转给他们。"

"转多少？"

"十万吧。"

"大哥，你疯了吗？你一下给她这么多，她不会怀疑？再说了，她家里还有个老赌鬼呢。我跟你说，穷坑填不满，赌坑不要管，你就一个月、一个月地慢慢给她，跟挣工资一样，明白吗？"

曹洵亦点点头："你再给老唐开个账户。"

"哪个老唐？"

"福利院那个。"

"也行，反正我还要去那边善后。"

"善什么后？"

"我得跟他们说，公司黄了，募捐搞不成了，但还是给他们意思一点，这样他们就不会闹了。"

"嗯，很周到，我也出一些。"曹洵亦又推了十万块钱给何畏。

何畏将钱推回去："兄弟，外面的事，我打发，你管好自己就可以了。"

曹洵亦用力点点头。

偌大的包间里，只坐了罗宏瑞和陆昭，桌上的菜都没怎么动，两个人你一句我一句地闲聊，从留学见闻到男女性事，从中世纪的宗教裁判所到民国的都市传说，炫耀各自的阅历，又吹捧彼此的见识。

这些年，罗宏瑞接触过不少代理人，或明或暗地跟他们都交流过。陆昭不一样，他不是司机，也不是保姆。他像一阵春风，可以抚平罗宏瑞脸上的褶子，他上知天文，下知地理，既懂察言观色，又知守口如瓶，除了性欲旺盛之外，没有别的缺点。

"陆教授平时搞收藏吗？"

"挂历算吗？我从小到大用过的挂历，全都还在。"

罗宏瑞竖起大拇指："厉害，个性又厚重。"

"罗总呢，你这样的人，肯定有个私人博物馆吧？"

"博物馆谈不上，也就好捡个漏，看个乐呵。"

"会抄底才是高手，有机会一定让我看看。"

"先让您看个大概。"罗宏瑞拿出手机，点开相册给陆昭逐一介绍，何年何月购于何地，画家姓甚名谁，内中技法如何，属哪种流派，全都如数家珍，说得陆昭连连点头。

"罗总懂艺术又懂商业，文理兼修，厉害、厉害。"

"我就是半壶水响叮当，不像陆教授，建筑大师，能把科学和美学融会贯通，这才是真正的文理兼修。"

陆昭的手指往右一滑，屏幕上出现一幅抽象作品，他眯着眼睛看了一会儿，忽而一笑："这幅画有点意思，我才疏学浅，看不太懂，你给解释一下？"

"这是一幅抽象主义油画。"

"噢，抽象主义，这种在国内不好卖吧？"

"看在哪个领域，如果是艺术品市场，最近这些年，抽象主义是绝对的宠儿，但在老百姓眼里，大师作品跟小孩子尿炕一样。"

"那这一幅呢，作者是大师，还是大师的小孩？"

罗宏瑞又给陆昭满了一杯酒："陆教授知道曹洵亦吗？"

"看网上说过，古有王希孟，今有曹洵亦，是不是太夸张了？"

"看你怎么理解，以现在来说，曹洵亦作品的价值跟《千里江山图》差得很远。但艺术品需要时间沉淀，我相信，总有一天，曹洵亦能跟王希孟并列。我买他这幅画的时候，他还没死，也没出名，你猜你我花了多少钱？"

"这你可问错人了。你要让我估个建筑造价、施工成本，没问题，至于这个嘛，我就一窍不通。十万？"

"他那时候要一幅能卖十万，也不会自杀了。实话告诉你，五百。"

"这么便宜？"

"他当时要三百，我还加了点。"

陆昭叹口气："我去欧洲旅行，见过那种平价艺术品交易市场，里面也摆了年轻画家的作品，少说也要一两千欧元，怎么到了咱们这儿，艺术就这么不值钱呢？"

"你也问错人了，我想不出答案。这幅画我也不想留了，睹物思人，心里难过，陆教授，我卖给你怎么样？"罗宏瑞望着陆昭，嘴角带笑。

陆昭连连摆手："我买来做什么？再说了，曹洵亦现在是名人，他的画肯定会大涨，少说也得三百万起，我哪有这么多闲钱？"

罗宏瑞的心落了地："你想多了，我又不指着它挣钱。这样吧，我奸商一回，翻十倍，五千怎么样？"

陆昭伸手摸着屏幕上的画框："长一米七，宽五十厘米，就怕没地方挂呀。"

罗宏瑞与陆昭碰杯："那就放床底下，安全！"

上海，欧雅克艺术品交易行，这里是云泥相接的地方。

拍卖师擦去额头的汗水，脸上还挂着微笑，他扫视全场："朋友们，终于到了今天的最后一件拍品，相信在座的很多人都是冲它来的。最近这段时间，有一个人屡屡占据新闻头条，不论教育界、收藏界、评论界，还是普通网友，关于他的话题都争论不休，可偏偏他的画一直没在市面上出现。这个只闻其名、不见其身的人就是曹洵亦——一位英年早逝的画家。今天，由我向各位隆重介绍——"他朝身旁的展示台一指，两位工作人员掀起盖在画上的白布，"曹洵亦的作品——《英雄主义》，欢迎各位品鉴。"

小冯坐在后排位置，捏着手里的号牌，控制不住地紧张，这还是他第一次独自执行罗宏瑞布置的任务。

"起拍价，五万！"

小冯没有举牌。

"16号，六万！21号，七万！5号，八万！62号，十万！"

罗宏瑞跟他说过，哪怕是刚出道的新画家，只要能进拍卖行，要么流拍，要么就会杀到二三十万元的位置——只有到了这个数字，才会触动有钱人的神经，挑起他们相互撕咬的欲望。

接近一百万元了，小冯踢了一下前排的椅背，那人立刻举起了号牌。

"41号，一百万！！！"拍卖师的声音提高了半度，"半路杀出程咬金，这位一直沉默的先生突然叫价一百万！一百万还有竞争者吗？一百万第一次！"

小冯出手了。

"20号，一百二十万！41号，一百三十万！20号，一百五十万！！！不愧是曹洵亦的作品，完全超出我们的预估。"

小冯与前排的男人互相抬价，价格越来越高，他后背的汗水也越来越多，他在等待罗宏瑞的指示。

手机响了，罗宏瑞发来一个数字，小冯长舒一口气，他朝前排椅背连踢两下，然后高高举起号牌。

"三百万！20号出价三百万！！！"拍卖师目光如炬，扫视全场，渴望再有谁能给他惊喜，但很明显，这已经是结局了，"三百万第一次！三百万第二次！三百万第三次！成交！"

《曹洵亦作品首度送拍，以三百万元的高价成交》——新闻在网上掀起了波澜，赞美的多，批评的少，赞美的大同小异，批评的各有各的不满。

"资本又下场了，永远是这样的剧情，我们喜欢的、赞美的，最终都会变成他们的游戏。"何畏穿着泳裤，右手拿着手机，左手拿了一把灌满水的水枪，"你听听，网友的愤怒啊！这才是你最纯粹、最上档次的追随者。欸，你说，他们要是知道你还活着会是什么表情？"

曹洵亦没理他，继续收拾自己的五十多幅作品，他要把它们按时间顺序排出来。

"再给你念一条啊。'曹洵亦活着的时候，他们要是愿意买他一幅画，他可能就不会自杀了，他们偏不，他们偏要等他死了才开始狂欢。'你看这些人，又当婊子，又立牌坊，反正别人做什么都是错的，只有他们是道德标兵，靠光合作用就能活。"

"行了，别那么刻薄。你看看，先弄这些吧。"

曹洵亦把画都挨个儿立了起来，整个别墅布置得像一个博物馆，何畏来来回回瞧了半天，一会儿点头，一会儿摇头，像遭遇刺猬的老虎，无法下口。

"你这些画啊，每一幅都得配一个解说员才行，连我都看不懂，更别说外行了。"

"哪个看不懂，我可以给你讲。"

这又是何畏的主意，他跟曹洵亦说了，每一幅画都得有一个故事，创作契机、灵感来源、花絮轶闻等。要从抽象走到具象，因为只有具象的东西才能传播，全编好之后，写成创作手记，当作曹洵亦的遗物，将来也能卖钱，一举两得。

"这一幅的创作灵感是什么？"

"是苏青，有一次我们出去玩，去了一个公园——"

电话铃声打断了曹洵亦的叙述。

"喂，嗯，啊？"听电话那头说完，何畏先是一惊，接着又笑了起来，"他们有说自己叫什么名字吗？姓什么总能说吧？哦，行，你让他们去做亲子鉴定吧，我没意见，找派出所呗，就看他们本事了。"

"什么事？"

何畏挂了电话，脸上还带着笑意："有人要继承你的遗产。"

"谁？"

"你爸和你妈。"

"周大凤？"

"姓什么的都有，就是没有姓周的。"

曹洵亦愣了半晌："到底怎么回事？"

"我电视台的朋友说了，自从播了你的新闻之后，他们接了几十个电话，全是来认亲的，不是你爸就是你妈，再不然就是你兄弟姐妹。每个人都讲了一个催人泪下的故事，有的说你被人贩子偷了，有的说你在火车站走丢了，反正说来说去，最后意思都一样，要继承你的遗产。"

曹洄亦也乐了："这年头，骗子的胆子越来越大了。"

"我让他们去验DNA了，估计能吓回去一大半，再说了，就算他们真是你父母又怎么样，我有遗嘱，他们一天都没养过你，现在看你的画值钱了，就想出来分一杯羹，先问问正义的网友们答不答应吧。"

这件事便成了一段插曲，两个人都没放在心上，他们将注意力放回油画上，挖空心思为它们填补故事，似乎每一个字都可以往画布上贴金。

《未来研究》：那一片一片鱼鳞般的彩色纹理描绘的是曹洄亦想象的婚姻生活，两个似有似无的人形，相互拥抱，又相互摩擦出累累伤痕。

《青春》：看似杂乱无章的走笔，实际来源于曹洄亦参与的一次群架，蓝色是曹洄亦高中的校服颜色，白色则是敌对方的服色，双方骂得多、打得少，由头是双方的老大在争抢同一个女生，并且那个女生谁也不爱。

《即兴演奏》：色彩使用得非常随意，看起来像小朋友的涂鸦，但其实都有来历——那是苏青第一次为曹洄亦做饭，她买回的一篮子蔬菜，就是画里的颜色。

…………

三天后，周大凤拨通了周小亮的电话，曹洄亦第一次没有接，第二次直接挂断，第三次他又挂断，回了一条信息："在上班，有事留言。"

周大凤发来一串语音："小亮啊，你看新闻没有？你哥的画卖了三百万，我的天哪，三百万，我们十辈子也挣不到这么多钱啊！唉，没想到我还有本事这么大的儿子，他咋会画画呢？我们祖上不都是农民吗？我在想啊，他的画都算是他的遗产吧，我们也是他的亲人，有血缘关系，怎么就啥也没有呢？还有这样的事？

"电视里说了，照法律上讲，像他这种没结婚又没孩子的人，就该父母继承遗产，政府这么规定，那就是天经地义，咋就不照着执行呢？现在那些画落到别人手里，哦，他们挣昧心钱，我们喝西北风，那怎么行？我得去闹一闹。

"唉，其实我也不是为我自己，是为了你跟小河，你在外面累死累活的，家也不能回，一个月才挣多少？小河那么小，往后花钱的地方多着呢，幼儿园、小学、中学、大学，大学毕业了，你还得给他买房子、娶媳妇，哪样不花钱？现在这年头，没个一百万养得活一个孩子？

"我想好了，就算是老脸不要，我也要把该得的争回来，你帮我打听打听，这事该找谁，法院还是政府，要不，我们直接找电视台，曝光他们！"

"这个人怎么这么不要脸？！"曹洵亦气得跳脚，"她把我丢了，现在又想继承我的遗产？！还天经地义？她就不怕老天爷打雷劈死她？！"

何畏点了一根烟，往沙发里一靠，让烟圈往天花板上喷了一会儿："不要乱了阵脚，咱得好好想一想，她说的这一大堆里面，最可怕的是什么？是她要继承遗产吗？"

"你有遗嘱，怕什么？"

"对，有遗嘱……嗯，我看看《继承法》。"何畏猛吸一口，扔了烟屁股，搜出《继承法》的网页，"你看啊，照法律条文来说，有遗嘱的，按照遗嘱继承或者遗赠办理。还有这条，遗弃被继承人的，丧失继承权，不管怎么说，这里面都没她什么事。"

曹洵亦长舒一口气："那还好。"

"就怕她找媒体曝光，媒体一旦知道你还有个双胞胎弟弟，再把你找出来采访，大庭广众的，搞不好就要穿帮，所以这事就怕她跳出来闹，你得让她死了这条心。"

曹洵亦连忙敲字，把法律条文解释一遍，敲到"你遗弃了他，所以没有继承权"的时候，心底一阵暗爽，点完"发送"，发现手心已经被汗浸湿。他搓搓手，等着周大凤的反应——只等了一会儿，周大凤发来一个链接。

"专家说了，我可以继承呀，你帮我看看，难道他说错了？"

链接里是一个视频，只有几十秒钟，一个穿西装的中年人在接受采访，几句话下来，意思很明白，由于曹洵亦从未被收养过，他与生父母的权利义务关系就可能存续，生父母应该是他遗产的第一顺位继承人。

"这就是我朋友那电视台做的，肯定是冒充你父母的人太多了，他们就做了这么一期，这看着也不完整啊。"何畏在屏幕上滑了两下，又找到一组视频。

两个人把视频全看完，总算听明白了专家的解释。

专家说了，因为曹洵亦立过遗嘱，所以他的遗产继承应该遵循遗嘱的内容。如果没有遗嘱，或者遗嘱无效的话，继承人就应该是曹洵亦的父母，由于他一直在福利院生活，没有被收养过，所以这个父母就只能是他的生父母。但是，如果他的生父母存在遗弃行为，就会自动丧失继承权，这时候，继承权就会落到第二顺位的兄弟姐妹身上。最后，专家还进一步解释说，即便有遗嘱，遗嘱里没有提到曹洵亦的血亲，但如果他的兄弟姐妹生活困难，遗产的分配上也应该对他们适当照顾。

"这专家活雷锋啊，该说的不该说的，他都说一遍，没上过电视吧，这么爱现？！你赶紧跟你妈说，这里面没她的事，她理解错了。"

"她不是我妈。"

"好好好，不是你妈，是周老太太。"

曹洵亦又敲了一行字，还没发过去，周大凤的语音过来了。

"小亮，原来这新闻还有呢，我刚看了，照专家的意思，我是不能继承了，但是你能啊，你往电视里一站，傻子都看得出来你是他亲兄弟！你确实生活困难嘛，该你的，你就得争取，不丢人！这事你听我的，你去找电视台，会哭的孩子才有奶吃，懂吗？"

何畏气得笑了出来："我的天，这叫什么事？她要你去继承你的遗产？"

"还得上电视。"曹洵亦已经瘫在沙发上了。

"不行，绝对不能让她折腾，你跟她说，你不去，你们一家都对不起曹洵亦，现在去争他的遗产，良心上过不去。我来跟她说。"何畏抢过手机，噼里啪啦一顿敲，敲得痛心疾首、如掏肺腑。

周大凤立刻回了话："良心值几个钱？！那可是几百万呢，傻孩子！你要不去啊，我就去，对，我找找出生证明。"

何畏急得抓耳挠腮："天哪，还没完了！"

"我们是不是完蛋了？"

122

何畏按着脑袋想了一会儿："要不，我们就将计就计，顺了她的意吧？"

"什么意思？"

"老太婆不就是要钱吗？你跟她说，你会想办法联系我，先礼后兵，别找电视台了，让她也别闹，过两天，你再跟她说，联系到了，经纪人承诺，嗯，先分三十万，以后要是再有卖画的利润，也会适当分一点，反正都是给你嘛，左手倒右手，也不过她的口袋，你说呢？"

曹洵亦咬着嘴唇琢磨了一会儿："好像也只有这样了，问题是，我们还有这么多钱吗？"

何畏喜欢花钱，就这几天，他买了一屋子衣服、一屋子电子产品，顿顿都在外面请人吃饭，晚上还要逛些花钱快的场所。他跟曹洵亦说，下笔钱进来，他就要换车，他这辈子最大的心愿就是有一辆跑车，趁着晚高峰的时候开出去，堵在高架桥上，对着公交车按喇叭。

"要钱干什么，你没听明白吗？是我给你，我就算分你一百万，也是我们之间的事，给她看个数字就行了，截个图、造个假，她个农村老太太哪看得出来？"

曹洵亦叹了口气："你别小看农村人，反倒是我们这些搞艺术的，跟傻子似的，比较好对付。"

曹洵亦又跟周大凤说了几个来回，总算让她消停了，喜滋滋地等儿子的好消息。

两个人折腾了半天，都有些筋疲力尽，各开了一罐啤酒，坐在地板上喝了起来。

没喝到一半，何畏又开始叫唤："今天啥日子啊？你看你看！"

屏幕上显示了一条新闻，龙镇刚发布了一篇千字文，向曹洵亦隆重道歉，承认他的艺术造诣，并将公开修复他的遗作——《噪声》。

　　曹洵亦摇着啤酒罐，咕咚咕咚。"真好笑，他亲手毁了那幅画，结果还落到他手里了。"

　　"好笑？大哥，我他妈想哭！你知道这幅画会值多少钱吗？！"

第九章

名　作

何畏解释了他的应对方法，曹洵亦没有同意。

"为什么？你傻吗？那是你最有名的作品！肯定也是最值钱的！"

"钱钱钱，又是钱，怎么一到你嘴里，艺术就只剩钱了？"

"好，不提钱。当初上节目，你挑了《噪声》，为什么？因为你觉得它的艺术价值最高。《噪声》之于你，就好比《星空》之于凡·高，《日出·印象》之于莫奈，它是你的名片、你的标签，普通人一看到它就会想起你。将来你入了美术旦，你多半就两张插图，一张是你的照片，一张就是它。这样一幅画，你忍心让它落在龙镇手里？龙镇是害死你的人，把这么个人跟你的传世名作绑定在一起，你不觉得恶心吗？"

"我恶心什么？他跟《噪声》绑定在一起，别人才会记得他对我做过什么，他这是自取其辱。"

何畏抓扯着自己所剩无几的头发："大哥，他转手把画卖了，少说也挣好几千万，这种自取其辱，你这里还有吗？我要一打。"

"你少讽刺我，我告诉你，我是艺术家，我爱我的作品，我绝对不会为了一幅画就毁掉自己的其他作品！"

"艺术家、艺术家，这个名头就那么重要吗？"

"你是商人，你不会理解的。行了，这事到此为止，我去画画了。"

曹洵亦往地下室走去，关了门，反锁。地下室的隔音很好，立刻将何畏骂娘的声音挡在了外面。

> 海报设计：10 000元。
> 片头动画：30 000元。
> 拍摄团队：150 000元。
> 平台宣传：200 000元。

龙镇看了一眼账目，搞不清楚这是名人有优惠还是名人被敲了竹杠，至少有一点可以肯定：曹洵亦的确是超级明星。

他前天宣布修复《噪声》，该消息被转了十万次，大半都在骂他：一些人骂他无耻，一些人问他为什么还没坐牢，一些人编造他的黑料，还有一些人跟了广告。

不管怎样，宣传效果有了，直播间的预约人数过了百万，广告商也打电话来了，有要冠名的、有要插播的，还有要龙镇带货的，报价一个比一个丰厚，龙镇都有些后悔了，后悔自己怎么没早点想到这招。

曹洵亦的粉丝也表达了态度，大体分为两种：一种将龙镇视为死敌，认为反对他就是表达对曹洵亦的爱意；另一种认为龙镇修复《噪声》是弃恶向善，应当允许其将功补过。

龙镇不禁笑了起来——曹洵亦这个置他于死地的灾星，转眼间又给了他生机。

负责修复工作的是一个叫钟仁的美术生，大四还没毕业，一直在美术馆里兼职，非常崇拜龙镇，选他更多是从传播上考虑。《噪声》的画布上也就刷了几道颜料，修复难度不大，而钟仁男生女相，手指修长，握住画笔便有早夭才子的气质，适合网络传播。龙镇把他的几张工作照发到网上，果然颇受网友喜爱，就连曹洵亦的粉丝团也将他和曹洵亦捉对，搞了些莫名其妙的图片。

此刻，直播即将开始，钟仁坐在画布前，脸上带了淡妆，又做了好看的发型，若说他是唱歌跳舞的偶像，也不会有人怀疑。

龙镇替他擦去脸上的汗水："别紧张，看直播的人不懂，你放心弄。"

钟仁点头："嗯，龙老师你放心，我把曹洵亦的画法都研究清楚了，我现在比他本人还会画他的画。"

这行当里，学人者穷，抄人者死，你就算跟他画得一模一样又有何用？龙镇心里觉得好笑，嘴上却还客气："那就更不用怕了，你正常发挥就行，我请的都是专业团队，肯定能把你拍好看。"

"嗯嗯，我会加油的。"

看他稚气未脱的样子，龙镇心里很有安全感，他向摄影打个响指，示意直播开始。

灯光就位，机器上肩，导演倒数三个数，镜头扫过摆满一桌的修复工具，各号画笔、颜料都排列得整整齐齐，还有不同型号的刀笔、不同大小的刀片、填补缝隙的注射器、控制温度的熨斗，照龙镇的要求，即便修复时用不到，也要拿出来露脸，就是要给人一种专业、细致、系出名门的印象。

果然，直播间里一片惊呼，满屏弹幕都是"专业""好牛"之类的词，间或有些"无耻""不要脸"的骂人字眼，龙镇权当没看见。

　　钟仁坐到画架前，背对镜头，一面手指悬空指点，一面开口讲解："这幅作品属于人为污染，表面被涂抹了十道不规则的颜料，有粗有细，力道也不均匀，好在这幅画不像我平常修复的那些作品年代久远、遭受了严重的腐蚀，所以修复相对容易。而且，曹洵亦画完之后，都有上光油层的习惯，光油层是什么呢？就是……"

　　龙镇坐在监视器后的躺椅里，一面越过导演的肩膀看实时画面，一面低头盯直播间的数据，在线人数比他预想的还要多，礼物已经刷了两万多元，照这个速度，整场直播下来，光靠礼物就能抵掉他的物料成本。

　　他转头看向钟仁那边，再过几小时，曹洵亦最知名的作品就会恢复原貌，宣传词是这样形容的——"就像它的作者一样，经历消沉与不公，又经历刀割和斧凿，终于重获荣光。"龙镇不在乎其中的含沙射影，他是一个成熟的艺术品鉴赏家，为了作品的非凡价值，可以潇洒地咽下苦果。

　　听说儿子分到三十万元之后，周大凤的心情明显好了很多，她越来越频繁地给曹洵亦发周小河的照片和视频，在池塘边，在田坎上，或者趴在周大凤的肩头，或者搂着家中的老狗。

　　周小河跟曹洵亦长得很像，尤其他发愣的时候，盯着远处，一动不动，像没上发条的玩偶，周大凤教得多了，他也学会了叫"爸爸"，知道只要周大凤把镜头对准他，就该跟爸爸打招呼。

曹洵亦觉得周小河就是小时候的自己，他没有妈妈，也没有爸爸。正因为如此，曹洵亦才更加卖力地扮演周小亮，他夸周小河上相，给他买衣服、玩具和零食，时常叮嘱周大凤好好照看他，要是生病了一定要上医院，别心疼钱。

他仍然厌恶周大凤，但把周小河视作亲人。

"小河生日你还是回来吧，这么久了，孩子说想你。"

面对这样的说辞，曹洵亦很难拒绝，就算知道周小河说不出完整的句子，不可能表达得如此准确；就算也知道，站到周大凤面前，与她对视、和她搭话、从她身边经过，都有穿帮的可能。

"我问下师父，太忙可能请不到假，我尽量吧。"

他没有把话说死，想先跟何畏商量。其实也不用商量，何畏一定会反对，任何风险不可控的行为他都反对。

"你不要开门接快递，让他们丢保管箱，我回来取。网上到处都是你的照片，快递员指不定能把你认出来。

"画框别买现成的，万一他们标了出厂日期，日期又在你死期之后怎么办？我去弄些木材回来，我们自己做，没啥难的。

"除了周大凤，还有别的人找过周小亮吗？凡是有人找他，你先别回，过一两天再找他借钱，往多了借，三万、五万的，少了不要，借上一圈，绝对不会再有人找他。"

事实上，曹洵亦从没开过大门，他喜欢独处；他习惯买最便宜的画框，画框上别说出厂日期了，连品牌名称都没有；周小亮似乎也没朋友，除了一个工头问过近况之外，再无旁人与他联络。

即便如此，曹洵亦还是会对何畏说："是。""好。""行，听你的。"

他唯一的娱乐是浏览关于自己的消息，以获得逆转取胜、一呼百应的快意。他的微博曾经无人问津，现在成了观光胜地和精神图腾。网友转发他过去的疯言疯语，不是深表同情，就是心有戚戚焉。每一天都有成百上千的人给他留言：有人写日记，有人发牢骚，有人写赞美的诗句，有人丢色情电影的链接，层层叠叠，仿佛一场众人合谋的行为艺术。

当然，曹洵亦绝对不敢登录这个账号，甚至连密码都让何畏改掉了。

他不在网上留下任何痕迹，公开的账号自不必说，私人的联系也全都停了。虽然他很想知道，在他死后，苏青或者欧阳池墨有没有联系过他，有没有发来只言片语，以安慰他的魂灵——不可以，他压制着自己的冲动，他害怕她们说得太动人，会勾起他复活的冲动。

他只用浏览器的私密浏览模式，没有历史记录，也不会保存账号和密码。他改变习惯，换一个网站买东西、换一个网站读新闻、换一个网站看电影、换一个网站嘲笑凡夫俗子，诸般行事，皆如新生。

也并非新生。这段日子里，曹洵亦越来越怀疑双胞胎之间真的有心灵感应——即便在此前的二十多年时间里，他并不知道周小亮的存在。但如今周小亮已经入土，他冒着周小亮的名义，便觉得自己被死气所笼罩，心里总有"这是我死后的世界"的暗示，风中有阵阵呼号，呼吸之间能闻到腐烂的气息。

他画累了，看着画布上的图案，想不到该如何推进。他打开地下室的门，让外面的空气流进来，琢磨着再向何畏解释，自己并非背叛整个计划，而是抽象表现主义的不可再生性远超其他，即便是画家本人，也无法将其旧作重现。

他靠在墙边，一边思考措辞；一边看新闻，一条条看下去，世界热闹非凡，却都与他无关——直到那张电影海报跃入眼帘。曹洵亦挺直后背，手指颤动，将海报点开放大，上下左右、仔仔细细地看了一遍，再把手机拿远拿近，反复确认，整个人忽然如坠冰窟，又汗流遍体，说不出的难受和愤怒。

　　海报的构图和配色与他的作品一模一样，唯一不同之处在于将他画的人物换成了女主角的形象，而更让曹洵亦痛如刀绞的是，它抄的是他当初送给苏青的那幅——《夜曲：1011》。

　　海报下还有新闻链接，他急忙点开，一目十行地看下来，新闻说的是青年导演贾诚的电影《隔窗相望》上映，叫好又叫座，十天票房破亿，打破文艺片票房纪录，贾诚说这部电影的诞生要归功于自己的女朋友——他的缪斯。文中还有贾诚的照片，曹洵亦粗略一观就已确认，他就是那个司机，戴鸭舌帽，开玛莎拉蒂，还向曹洵亦礼貌地致意。

　　曹洵亦踢翻了脚边的颜料桶，顺手将手机丢向墙壁，发出的声响引来了何畏。何畏问他怎么了，他也不想回答。他跪在地上，呼吸急促，那一瞬间，墙壁和屋顶仿佛都消失了，旷野向他袭来，人潮涌动，他们围拢在他身边，低垂眼皮，将嘲笑和不屑都倾泻在他身上。

　　曹洵亦无法想象贾诚是在怎样的情况下见到那幅画的，是苏青要把它丢进垃圾桶，贾诚制止了她？还是苏青向他炫耀战利品，被贾诚看中？又或者，是他们云雨时翻滚到地板上，贾诚刚好看到了床底的画？贾诚抄得有恃无恐，还不是因为他"已经死了"，那幅画又的确属于苏青？自己连命都不要了才博得一个虚名，挣了一百万，还要跟别人分账。那个狗屁导演，拍的狗屁电影，票房竟然过亿，凭什么？！

人群散去，墙壁和屋顶又遮蔽了阳光，耳边终于听得到何畏的声音了。

"喂，你没事吧？"

曹洵亦看见何畏正在拍自己的脸："你说，《噪声》会是我名气最大、最值钱的作品，是吗？"

何畏点点头："当然。"

"它能值多少钱？"

"一两千万吧。"

"到不了一个亿？"

"大哥，你想什么呢？我怎么说也只是艺术品市场的新人，本事再大，也折腾不出一个亿啊，除非等个三五年的。"

"我要马上，尽快！"

"你这太强人所难了。"何畏坐到地上，挨到曹洵亦旁边，低着头思索了一会儿，"其实也不是没办法，如果去找那个人的话，别说一个亿，我估计两个亿都有可能。"

"真的吗？"

何畏摸出电话，拨了一个号码，只响了一声，罗宏瑞的声音就传了出来：

"何先生，考虑清楚了？"

何畏把电话放在地板上，他和曹洵亦两个人蹲坐着，像两只凝视屏幕的猴子。"罗总，你之前说的合作模式，能把曹洵亦的作品运作到什么价位？"

"我喜欢你这种直接的问法。这么说吧，《英雄主义》拍了三百万，这个纪录非常高，比一般青年画家的首拍高出十倍不止，所以，如果是企业化运作，曹洵亦最有名的作品应该能过亿，这也是顶级国画家的水平。这个圈子里很多人其实不懂艺术，他们只追逐名气。投资行为嘛，名气大的升值空间大，愿意掏钱的自然就多了。可惜啊，我这一番折腾，便宜了龙镇。你是怎么搞的嘛，《噪声》怎么会在他的手上？"

何畏看了曹洵亦一眼："如果我告诉你，《噪声》的真迹在我这呢？"

"那当然最好啦，不过龙镇那幅在节目里出现过，还是曹洵亦亲自带去的，不可能是假的吧？"

"这你就别管了，你等我消息吧。"

挂了电话，两个人沉默了一阵，曹洵亦摸了一根烟出来，何畏替他点燃。

"怎么说？"

"干！"

"爽快！"

曹洵亦站起身，晃了晃发麻的腿："你看看冰箱里还有什么，晚上吃烧烤！"

趁着何畏在厨房忙活的工夫，曹洵亦将自己的五十多幅画搬上露台。等何畏带着酒水食材上来的时候，曹洵亦已经把画堆在了露台中央。

何畏瞪大了眼睛："你要干什么？！"

曹洵亦往画上浇了燃料，擦了根火柴丢进去，接过何畏手里的啤酒，一边喝酒，一边看着十几年的心血熊熊燃烧。

第十章

困　兽

直播结束的时候，弹幕里只剩谩骂和嘲笑。钟仁坐在画架前，两手僵直，双腿发麻，他转头看向龙镇，企望后者能给他些许安慰，或者告诉他网上的传言都是假的，他没有白干。

龙镇低头盯着手机，没能从刚才的震慑中恢复过来——两小时以前，修复工作逼近高潮，《噪声》真容重现的时候，何畏发布了一条微博："龙镇先生迷途知返，我很感动，他请的人技术精湛，拍摄团队也很专业，整场直播无可挑剔，堪称现代传播的教科书级示范。如果那幅画是真迹的话，就更完美了。"

句子末尾还有一个狗头表情。龙镇年过五旬，也能体会到话里阴阳怪气的意味。网友们蜂拥而至，撕去他身上的威信和尊严，只留下尴尬的裸体。

手机上又弹出了一条新闻，是新鸟网的竞争对手发布的，动作之快，时机之准，让人不得不怀疑早有预谋。

曹洵亦前经纪人何畏：我们送去参加节目的本来就是赝品。

日前，著名艺术评论家龙镇直播修复已故画家曹洵亦名作《噪声》一事引起巨大声浪，最高峰在线观看人数突破千万，而就在《噪声》修复工作即将完成之时，曹洵亦的前经纪人何畏却在微博发出隔空嘲讽，暗示龙镇持有的《噪声》系赝品。

　　何畏发声后，龙镇直播间的评论风向立即转为对龙镇的谩骂和嘲讽，以至于修复工作只能匆匆收场。对于这戏剧性的一幕，好奇网娱乐频道对当事人何畏进行了采访。何畏表示，他当初送到某网站艺术节目的作品其实是赝品，他之所以这样做，是为了保护曹洵亦。

　　以下为采访全程。

　　好奇网娱乐频道（下文简称"奇娱"）：何畏先生，你说龙镇修复的作品是赝品，是说他们修复的并不是节目里被毁的那一幅？

　　何畏：不是，他修复的的确是被毁的那一幅。

　　奇娱：那为什么说它是赝品呢？

　　何畏：因为被毁的那一幅就是赝品。

　　奇娱：你的意思是说，你们是带着赝品去参加节目的？

　　何畏：是的。

　　奇娱：为什么要这么做呢？

　　何畏：为了保护曹洵亦。

　　奇娱：您能详细解释一下吗？

　　何畏：当时来找我的人是新鸟网文化频道的负责人，他以前也找我介绍过节目嘉宾，那时候他弄的还是一档鉴宝类节目。你知道，鉴宝嘛，看点就是主持人最后把假古董给砸了。我本来不想跟他合作，又毁名声又毁人缘的，可他跟我说，他们弄了一档新节目，跟鉴宝不一样，是高雅艺术，请的主持人是龙镇。我回来跟曹洵亦提了一嘴，他很有兴趣，觉得这是个机会，非要去。

奇娱：然后你判断这里面有风险？

何畏：对，他们的鉴宝节目点击率那么高，我不太相信他们会放着这个模式不用。

奇娱：你有把这种风险提前告诉曹洵亦吗？

何畏：我说了，他不相信，他觉得这都是我的臆测，他虽然不了解新鸟网，但对龙镇有信心，因为龙镇一直以来的人设就是提携年轻艺术家，所以曹洵亦真的是（哽咽），真的是把他最后的希望放在了这个节目上。

奇娱：所以带赝品上节目是你单方面决定的？

何畏：对，我以前做古董生意的，我对鉴宝节目可太了解了。这么说吧，80%的观众看鉴宝，就是为了看他们怎么砸东西，尤其是，那些嘉宾都是老头儿、老太太，不是自称收藏家，就是说有传家宝，比较狂，比较傲，前头把自己夸得有多高，后面摔得就有多狠，观众要的就是这种反差的爽快。他们鉴宝录了一百多期，每一期真假比例差不多是1:2，如果是真家伙，屁事没有，还得个好名头；如果是假的呢，哐啷一声，什么都没了。在我眼里，曹洵亦的画是大师之作，迟早会发光发热，但在龙镇他们眼里是怎样，我没有把握。我和曹洵亦虽然是很好的朋友，但我和他不一样，他情绪化，我更理性和谨慎。我想的是，艺术品跟古董还是不一样的，古董仿不出来，艺术品却可以。我送一个赝品去，毁了也就毁了，损失的是他们，不是曹洵亦，若是他们觉得艺术价值高，我再把真的拿出来就行了。

奇娱：哦，所以您一开始就预料到他们会毁掉曹洵亦的作品。

何畏：不是预料，是预防，他们的前科太多了。只不过，这一次他们真的毁掉了稀世珍宝。

奇娱：那幅赝品是印刷的吗？

何畏：不是，印刷油画一眼就能看出来。我找别人临摹的。

奇娱：曹洵亦知道这件事吗？

何畏：不知道，我没告诉他。

奇娱：为什么？

何畏：我怎么告诉他？他当时的情绪已经很不稳定了，他每天晚上都睡不着觉，凌晨三四点了还在小区里闲逛。他喜欢龙镇，也相信龙镇，我怎么能告诉他，说他们很可能会毁掉他的作品，所以我们拿个假的去上节目？他是个自负的人，他有艺术家的追求和尊严，他的每一笔，都包含他的修为和真诚，这样的人，你怎么能跟他商量耍小聪明的事？

奇娱：也就是说，曹洵亦以为被龙镇毁掉的画是真的，所以才受到那么大的伤害。

何畏：他受到伤害主要还是因为他的艺术和人生遭到了否定，跟那幅画的真假没有关系，我事后告诉他我们送去的是假的，真的还在，又有什么用呢？节目组对他的侮辱，网络对他的暴力，哪一个不是真的呢？唉，我当时就应该阻止他的，阻止他去这个节目。

奇娱：最后一个问题，您说他们修复的那幅是别人临摹的赝品，有什么客观证据没有？

何畏：有。自从毕业以后，曹洵亦就以职业画家的标准要求自己，所以，他的作品都是有防伪标记的。

奇娱：是什么防伪标记呢？

何畏：他的作品上都有他的指纹。

奇娱：这个指纹一定藏得很隐秘吧，是在哪里呢？

何畏：具体的我就不能说了，如果他们不服，可以拿去检验。

奇娱：感谢您接受我们的采访。

何畏：不客气。

针对何畏的说法，好奇网娱乐频道也找到了旁证，在曹洵亦生前的微博中，的确有表现出他对龙镇的崇拜和信任。我们也到访了他生前居住的小区，小区保安证实，曹洵亦生前最后那段时间的确严重失眠，凌晨三四点还在小区内闲逛。

"如果他们不服，可以拿去检验"。龙镇的目光停在这句话上，检验？去哪儿检验？美术学院没有保留曹洵亦学生时代的作品，就算有，内容、风格大不相同，比对个屁？而所谓的指纹，他们压根没找到。

这说明什么？要么，真如何畏所说，这幅《噪声》是赝品；

要么，何畏在说谎，曹洵亦所有的画都没有指纹。

龙镇越想越气，越想越觉得憋屈，何畏就是个骗子，狡猾得很，无耻得很，自己折腾这么大一圈，出钱出力，弄得风生水起，全网皆知，把曹洵亦的知名度又推高好几个档次，原来是为他何畏做嫁衣，骗子，这狗日的骗子！

龙镇看向钟仁背后的《噪声》，它已经恢复了原貌，却还是那么丑陋——他不觉得它有任何美感，只要它能恢复他的名声和地位，他可以爱它，保护它，为它付出全部的心血，为它抵挡不怀好意者的暗箭与刀枪，可是现在呢？它不过是一坨颜料凝固成的排泄物罢了，肮脏龌龊，却又神采飞扬，代替何畏发出了耻笑。

电话响了，是金主打来的，他们付了广告费，盼的是搭上曹洵亦的便车，给产品镀一层名为“高雅”的铂金，现在好了，全网都知道他们跟赝品同流合污，裹了假货的泥浆，龙镇接了电话，对方的意思很直接——先退钱，再赔款。

这还只是第一家，龙镇苦涩地想。

“其实你也没必要都烧了，照着画不更方便吗？”

曹洵亦站在画架前，用余光瞥了何畏一眼——他提醒过他，在他画画的时候，两米内不能站人。“照着画就成抄袭了，就算是我自己的作品，我也不会抄的，而且，不提前烧了，我怕半途会后悔。”

“行吧，你估摸着，一幅画要画多久？一天够吗？”

“你当我是印刷机吗？至少也要一周。”

“大哥，我不是要你画全新的作品，我是要你把以前的复刻出来，只是加个指纹而已。一周？那你全部画完得到什么时候？”

"艺术创作，怎么能着急呢？"曹洵亦将指套戴在大拇指上，趁着颜料层还处在半湿润状态，在上面按了一枚清晰的指纹，再等颜料层完全干了之后，覆盖新的颜料，层层叠叠，将指纹完全遮挡，如此一来，除非用X光透视，否则是发现不了它的。

"本来想留你弟弟的指纹办手续，没想到在这也能派上用场。"

"说回来，你是怎么想到这个办法的？"

"我以前看过一个新闻，说伦勃朗[1]有一幅画，专家在它的原始颜料层发现了一枚指纹，结果估价一下涨了六百万英镑，因为他们都认为那是伦勃朗的指纹。"

"是无意中印上去的吧，没听说《夜巡》里有指纹。"

"你管他有意还是无意，我们有意就行了。"

两个人又斗了几句嘴。何畏让曹洵亦少点艺术，多点务实。曹洵亦要何畏体会真正的美，而不是纯粹的俗，到最后谁也说服不了谁。何畏又急着出门见罗宏瑞，打个哈哈也就过去了。

别墅安静下来，曹洵亦从左至右抹了一笔，再从右上角到左下角，又抹了一笔，他试图回忆这幅画之前的样子，刚有点眉目，又觉得眼前一黑，摸不清门路。

当所有人都在盛赞他的天才，都为他的死感到惋惜的时候，他却躲在地下室里抄袭自己。他扯下画布，将它团成一团，扔到了角落里。他躺倒在地板上，张开四肢，试图拥抱空气里可能存在的灵感，抱了个空，便又脱光全身的衣服，在屋子里跑来跑去，想跑得比消逝的敏锐还要快一些。

1　17世纪荷兰黄金时代绘画的主要人物，被称为荷兰历史上最伟大的画家之一，代表作有《夜巡》《月亮与狩猎女神》等。

手机突然响了起来，曹洵亦不想理它，它却扶着地响了一遍又一遍。

是周大凤打来的视频电话，曹洵亦换了个背光的地方接通——仍然避免拍到自己。

周大凤一脸愁容，大汗淋漓，声音里也带着哭腔："小亮，你快回来，陈兴国疯了，你快点回来嘛！你再不回来，小河他，他——"

曹洵亦见她慌了神，说话也不利索，赶紧问道："小河怎么了？你慢点说。"

周大凤说得颠三倒四，曹洵亦反复盘问，又不厌其烦确认细节，才搞明白现在的状况：周大凤的丈夫陈兴国在外面欠了赌债，债主来闹过几回，无奈家里太穷，连个零头都还不起。陈兴国走投无路，偷听到周大凤跟曹洵亦的对话，得知"儿子发了一笔横财"，便说要周小亮回来还债，否则就把周小河卖给人贩子换钱。起初，周大凤只当他胡言乱语，可今天一早起床，发现陈兴国和周小河都不在家，挨到中午也没见回来，这才慌了神，又不敢报警，只好来找曹洵亦求救。

曹洵亦平日不常动怒，此时也气恨填胸，恨不得将那老匹夫砍成两段，连着周大凤也扇几十个耳光。什么偷听？肯定是她得意忘形说漏了嘴。他让周大凤报警，周大凤犹犹豫豫下不了决心，左一句"夫妻一场"，右一句"也不一定"，曹洵亦不吃她这一套，立刻拨了110。

"您好，这里是废城110，请讲。"

"我报警，有小孩被拐了。"

"对不起，为了能够更快了解案情，请您再说得详细一些。"

"是我儿子，我儿子不见了，被我妈的丈夫拐走了。"

"您是说您的父亲吗？"

"对，不是亲的，是继父。"

"您继父带走了您的儿子，他们是失踪了吗？"

"对，失踪了，他说他要把我儿子——"曹洧亦的呼吸变得急促起来，仿佛再次置身福利院的铁门之后，眼巴巴望着门外，"他们已经失踪一天了！"

"好的，那请您说一下地址，我们立刻派民警过去，也请您到现场协助我们调查。"

曹洧亦心中一惊："我也要在现场吗？"

"是的，民警会向您了解情况，我们掌握的信息越多，找回的可能性就越大。"

悬挂在天花板上晃动的周小亮的尸体。

在周小亮身上来回检查并且拍照的法医。

记录详细档案又盘问何畏足足一小时的警察。

被他们注销的名字为"曹洧亦"的证件。

在民政局网站上公示了半个多月的无主尸体。

曹洧亦捏着电话，凝视着桌沿的尖角，一时没了言语。

"您好，请问您还在线吗？听不到您的声音，请您尽快将地址告诉我。"

门锁有扭动的声音，曹洧亦站起身，声音又消失了。屋顶之上有鹰飞过，鹰的爪子上钳着一条蛇，蛇努力地仰起头，嘴里发出咝咝的声响，试图向鹰发出最后一击。

他挂断了电话，将手机丢在桌上，躺进沙发里，按着自己的头，背已汗湿，又侥幸得脱，他按捺不住心中的窃喜。

正自惊惶未定，手机又响了。曹洵亦起身去看，果然是110拨了回来，他不敢接，也不敢挂断，只能呆呆地看着，空阔的别墅里唯有铃声回荡，震得他头皮微微发麻。也不知道过了多久，对方终于挂断了。曹洵亦这才拿起手机，想了想，将通话记录删去，手机忽然一振，几乎令他脱手，是周大凤打过来了。

"小亮，怎么办哪？你爸爸他回来了，小河没回来，小河没回来啊！"

曹洵亦只觉一股血腥气在口中弥漫，咬牙切齿说道："你把他拖住，我马上回去！马上！"

没有警察在场，也没有任何面相凶狠的人出现，罗宏瑞脸上还是挂着弥勒佛一般的笑容。

"我以为你会先说赝品的问题。"

秘书小冯又将何畏面前的茶碗倒满。罗宏瑞把玩着手里的木雕："我这个人绝对不会因小失大，指纹这种东西，我相信你没法造假。再说了，你拥有最终解释权，你要是能颠倒黑白，我还会高兴呢，我喜欢跟聪明人打交道。"

何畏心想，你要是知道我聪明到什么程度，恐怕就高兴不起来了："罗总，我并没有颠倒黑白，我只是修正了事实。"

"随你怎么说吧。何先生，曹洵亦的遗作都留给你了，对不对？"

何畏又想，要是告诉他曹洵亦的遗作全做烧烤燃料了，他会是什么表情？"对，按照遗嘱，我拥有所有权。"

"你觉得我们怎么才能把他的画运作到一亿？"

"这是考验我吗？"

罗宏瑞一笑："算是加深了解吧。"

何畏身子后靠，两手抱于胸前，对方肯定有一套方案——会比自己的更好吗？"曹洵亦的第一幅作品已经拍出了三百万的高价，但借了网络炒作的东风，有运气成分，这两样都不能常有，热度一过，立刻打回原形。我要增加他作品的参展记录，步步为营，主题性群展、个展、双年展，还要走出国门，尤其是欧洲，让白人为曹洵亦背书，无论从哪方面讲，曹洵亦的故事都很对他们的胃口。再找一个大画廊做代理，也得是外国的，高古轩或者豪瑟沃斯这级别的，有了大画廊的支持，收藏家、拍卖行、媒体自然趋之若鹜，他的作品也就进入艺术圈的良性循环了。到那时候，别说办个人展览，弄个博物馆都行。"

何畏说得眉飞色舞，罗宏瑞听得似乎也很认真，但那个秘书小冯走来走去，又是开投影仪，又是调试电脑，拉窗帘的时候还发出哗哗的声响，惹得何畏腹中骂娘。

"所以，你要卖掉曹洵亦一半的作品，再用剩下的一半办展览，或者弄一个博物馆，那么你的实际获得就限于一次性的拍卖收入和门票。"

何畏点点头："这已经很多了，我还可以授权制作周边产品。"

"什么周边？马克杯吗？"

何畏察觉到对方语气里的嘲讽："可以是其中一种。"

小冯在键盘上敲了两下，白色的墙面上出现了一页PPT，映亮了何畏的眼睛，他看见PPT上出现了几张人脸：安迪·沃霍尔[1]、村

---

1 20世纪美国艺术家，代表作有《金宝汤罐头》《玛丽莲·梦露》。——编者注

上隆[1]、草间弥生[2]以及Kaws[3]。

"何先生，何必局限在艺术的小圈子里呢？拥抱商业吧，曹洵亦不应该是一种高不可攀的艺术，那样的话你只能挣有钱人的钱，而且是一次性的。作品转卖，价格再高也和你没关系。曹洵亦应该是一种潮流文化，他的用色、图案，甚至个人形象，都可以提取为一种元素，嫁接到合适的商业品牌上。你看草间弥生的波点裙、Kaws的联名商品，可以无限量生产，源源不断地榨取普通人的钱包。科学造不出永动机，但艺术可以。有一点你说对了，网络热点是会过时的，所以必须在它的热度冷却之前，将它变成流行文化，只有这样，它才永远不会过时，才可以源源不断地收税。看看迪士尼，看看任天堂，它们难道不比一两个博物馆挣得多吗？"

罗宏瑞身后的PPT不断变化，每一页都被流行符号填满。"公主们单纯无邪，超级英雄满口正义，实则每一个都是贩卖白日梦的工具。"何畏微微张嘴，不知道该说什么，他只想搭一座玩具城堡，罗宏瑞却告诉他——你手里的材料足以成就一个帝国。

小冯将一个装帧精美的文件夹摆到了何畏面前。

"这是我拟的商业计划书，一家围绕曹洵亦遗产进行全文化产业链经营的公司，商业模式、股权、时间表，都在里面。何先生，我们的目标不应该只是那一亿。"

---

1 日本当代艺术家，提出了"超扁平"理论，也是该领域内最具代表性的艺术家。——编者注
2 日本当代艺术家，她的作品中圆点无处不在，所以她也被称为"圆点女王"。——编者注
3 原名Brain Donnelly，美国当代艺术家，2006年创办街头潮流品牌Original Fake，代表作有《回家路漫漫》。——编者注

陈兴国两手往前一伸，没怎么使劲，就将周大凤推倒在地上。

"你儿子甩个拖油瓶给老子，生活费就给那么一点，自己发洋财，老子有难，他也不管，老子还不能自己想办法了？"他将裤兜里的钱又点了一遍，抓了几张塞进屁股兜里，"九万三千，先把头钱还了，剩的再看——"

周大凤爬到陈兴国跟前，扯住他的裤脚："兴国，我求你了，把小河还给我，还给我嘛，你这么做要遭雷劈的啊！"

"你看家里这个穷样，雷劈下来又能怎么样？我还怕什么？！"

陈兴国的确没什么可怕的。他生在邻村，家中排行第二，遇到周大凤之前也曾做过别人家的上门女婿，他外出打工，妻子在家种地，养活两个老人。彼时的乡下流行养奶牛，陈兴国也跟了风，将自己的全部积蓄换成三头奶牛，春去秋来，配种怀胎，母牛们下了第一桶血奶，陈兴国卖了生下的小公牛，添置一辆运奶的电动三轮车。奶牛产奶，奶企收奶，钞票到手，循环往复，他仿佛看到能下金蛋的母鸡，所谓康庄大道就在眼前。不承想，一场牛瘟袭来，全村奶牛无一幸免，政府的人将死牛拖走掩埋，又象征性地赔了他几百块钱，一场大梦就此惊醒。他随妻子种了半年地，兴味索然，便将三轮车开出去跑客运，跑了半个月，钱没挣到几个，却在同行堆里染了赌瘾，车停在路边，自己坐在树荫底下跟人打牌，再惬意不过。到最后，三轮车输给别人，家里终于知道他成了废物。老人打他不过，骂也骂不动，只是整日叹气。妻子却不客气，跟他打了一架，带着伤口闹到村委会，没人管；闹到妇联，还没人管；再闹到乡政府，乡里批示妇联处理，妇联快刀斩乱麻，带两人办了离婚。陈兴国做回单身汉，倒也乐得清闲。又过十几年，他还是很穷，但长得精神，周围人也只说他倒霉，并不觉得他可恶。有人介绍他与周大凤认识，乡下什么都慢，唯独结婚很快。陈兴国住进了周大凤家，周小亮那时在外打工，陈兴国又做了一家之主，得意非凡。好景不长，周小亮带着周小河回来了，他在外面吃了女人的亏，回家又碰到不知哪冒出来的后爹，一腔怒火自然就撒在陈兴国身上。拳怕少壮，陈兴国名义上是周小亮的后爹，实际却是他的孙子。陈兴国在家受气，只能常往外跑，赌瘾发作，如鬼附身，偏巧这时周小亮又离家出走，陈兴国终于脱缰，没日没夜地赌，直至今日。

"老子都被雷劈够了，遇到你们这家人，就是老天爷在惩罚老子，什么孙子不孙子的，又不跟老子姓，老子卖了就卖了！"

他骂得兴起，骂了周大凤的十八代祖宗，又骂了前妻的十八代祖宗，连那三头得瘟病的奶牛也挖出来鞭尸，没注意到背后走进来一个人，直到屁股上挨了一脚。正要起身，嘴上又挨了一拳，吐了口血痰，说了几个脏字，陈兴国才看清来人是谁。

"小亮，你回来啦？！"

周小亮瞪着他，双目流火："畜生，小河在哪儿？"

陈兴国不答。

周大凤爬到周小亮跟前，拖住他的手将自己拽起来："小亮，你回来了，你总算回来了。"她试图抱住周小亮，却被对方轻轻推开，稍稍愕然，转对陈兴国吼道，"你快点说啊！说啊！小亮有钱，让他去把小河带回来！求你了，说啊！"

周小亮肩膀一松，挎包落地，里面露出一摞摞钞票："说，小河在哪儿？你欠的赌债，我替你还了。"

陈兴国朝包里瞧了一眼，又伸手捏了捏钞票，忍不住面上得意："你说的？"

"我说的。"

"好啊，我带你去。"他要将挎包揽入怀中——却被周小亮用脚挡住。

"钱放在这儿，小河找回来了，我再给你，你赶紧打个电话，先把那边的人稳住。"周小亮将挎包交到周大凤手里，"藏好。"

山路狭窄，田垄泥泞，陈兴国在前，周小亮在后，两人走了半天，都没什么话说。陈兴国步子快，意在早些拿到钱，落袋为安，他时不时回头偷看，怕周小亮忽然反悔，见这年轻人气喘吁吁，走得格外吃力，似乎对道路也不太熟悉。"几个月没回来，路都不认识了？"

周小亮白了他一眼："我天天忙得很，哪记得这么多？"

"你在忙啥，能挣这么多钱？"

"关你屁事！"

"好好好，我不问，我不问。不愧是城里人，脸都白了，哪像我，晒得跟炭一样黑。"

两人走到路口，招了一辆三轮车坐到镇上，在镇中学下了车，拐进学校旁的一条宽巷，又走了几百米，停在一个门前摆了两张台球桌的地方。

陈兴国打通电话，通知对方自己到了，他见周小亮抓了一个台球在手里，忍不住好笑："你怕啥？没人抢你，他们还怕你带警察来呢。"

门脸里走出一个胖女人，怀里抱着一个孩子——正是周小河，他睡得很熟，熟得不像是自然睡着的。胖女人走到陈兴国跟前，瞥了周小亮一眼："钱！"

陈兴国脸上赔笑，将破布包递给她："都在这儿，一分没动。"忽然想起屁股兜里还有几张，赶紧摸出来放进去，"一分没动，你数。"

"你临时反悔，不赔我点误工费？"

陈兴国看周小亮脸色有变，不等他开口，将胖女人拉到一边，低声说道："孩子是他的，我钱退你就算了，把他惹毛了，他把警察招来，我们两个都跑不掉。"

"我怕个屁，我手脚干净得很。"话虽这么说，胖女人气势却弱了下去，她将钱点了一遍，没再说什么，便要将周小河还到陈兴国手里——

周小亮一步上前，将孩子抢了回来，动作之快，吓了胖女人一跳。

"过两小时他就醒，醒了多喝点水就行了。没我事了，别再来找我。"丢下这句话，胖女人又回门脸里去了。

"你不会报警吧？"陈兴国挨近周小亮，声音中带着讨好。

周小亮将陈兴国推开："我不管你们这些烂人做的烂事。"

两人又沿原路返回，周小亮抱了孩子，走得慢了许多，陈兴国颇不耐烦，但也无奈，只得走走停停，等着这对父子，他是搞不明白，怎么半年不见，周小亮的体力就差了这么多。

陈兴国也曾怀疑自己有过孩子。他跟前妻结婚四年，前妻两次流产。临到离婚前，陈兴国记得她有两个月没来月事，但她不肯承认，非说是内分泌失调，也就不了了之。过了几年，陈兴国听人说在镇上碰到前妻，带了个三四岁的孩子，亲热得很。他顿时火起，拎个锄头就去堵了前妻的门。前妻将他挖苦一番，说这孩子不是你的。陈兴国说不是我的，那就是还没离婚，你就偷了人！两人争执不下，陈兴国捣烂了大门，正想往里闯，却被村支书带来的一帮人制服了，警察来了，前妻的男人也来了，那人长得粗壮，眉眼有奸夫相。一家三口倚门而望，看着他被警车带走。从拘留所出来，陈兴国又被奸夫带人揍了一顿，从此再也不敢找前妻的麻烦，所谓的儿子他也不再惦记。他想明白了，长得像自己，是给别人送了儿子；长得不像自己，是别人给自己送了绿帽子，干脆眼不见心不烦，各不相欠。

紧赶慢赶，好容易走回了家。周大凤已经慌了神，看周小亮抱着周小河，喜极而泣，接过孩子亲了又亲，发现孩子没反应，又问怎么回事，得知是吃了药，一会儿就好，才又安了心。

陈兴国看她一惊一乍，心烦得很，但钱还没到手，也不好发作。

"赌债你帮我还了，你说的。"

周小亮站在门边，背着光，两手叉腰，没有答话。

陈兴国有些急了："欸，你不能说话不算话呀！那钱不还，他们又打上门，我、我这一家人咋办？"

周小亮望着周大凤，她坐在床上，晃动着怀里的小河，缓缓抬起头，眼眶通红，眼神中充满了祈求。

楼上楼下找了三圈，打了十几个电话也无人接听，何畏确定——曹洵亦失踪了。

最需要他的时候，他居然不见了！何畏一脚踢飞脚边的垃圾桶，桶里的垃圾倾泻而出，撒了一地。

很早以前，何畏就意识到，下层生物永远不会了解上层生物的快乐，这是生态位里可悲的秘密。

屎壳郎吞食大便的时候，不知道大象正在品尝甘甜的果实；

考拉困在树上靠有毒的桉树叶过活，不知道袋鼠可以在广阔的澳大利亚自由驰骋；猪满足于泥浆，猫满足于木天蓼，狗满足于飞盘，只是因为它们无法想象人类拥有多少种取悦自己的手段。

与罗宏瑞作别之后，何畏一直在思考这个问题。那份计划书做得非常详细，足见罗宏瑞为人精细，且志在必得，条件也合理，分给他的份额，即便扣除曹洵亦的部分，都还称得上丰厚；而且如罗宏瑞所说，成名于艺术界和流行文化界，完全是两个概念，习惯吃屎的他只想着吃到最美味的狗粮，如今的局面却是，他可以吃肉，还是想吃谁的肉就吃谁的肉。

他心里已经有了答案，但还没有答应罗宏瑞——一是要有必要的矜持，以便争取更大的利益；二是他觉得自己必须和曹洵亦商量，即便他有说服曹洵亦的把握，也还是想听听他的意见。

何畏没法找到曹洵亦，他不能报警，不能联系任何朋友，即便以周小亮的名义，他也束手无策——因为就连周小亮家人的联系方式，他都没有。

他枯坐到黄昏时分，食不甘味，心神不宁，想象了几十种可能的原因和它们引发的后果，想到如果曹洵亦突然死了，就只能以周小亮的名义下葬，而曹洵亦的画还没来得及重画……

电话响了，周小亮打来的。

何畏深吸一口气，强压心底的怒火："大哥，你跑哪儿去了？这么关键的时候，你有什么不得了的事非要往外跑，还不接我电话？"

"我在周小亮家里。"

何畏脑子里嗡的一声："你脑子被门夹了吧？整天画画把人画傻了是不是？周小亮家是什么地方？对你来说就是龙潭虎穴、阿鼻地狱，你吃饱了撑的还往那儿跑？！你是去表演认亲好感动中国吗？"

"不是。"

"那你去干啥？"

"一时半会儿说不清楚，跟你商量个事。"

何畏有不祥的预感，以他对曹洵亦的了解，他那颗装满抽象艺术的脑子里一旦冒出需要商量的念头，肯定不是好事。"你说吧。"

"我想把周大凤和周小河接过来一起住。"

何畏只觉腹中绞痛，仿佛看到一间牢房正张开嘴巴要把自己吞进去。"你最近吃什么了？你、你还知道自己在干什么吗？《刑法》是不是对你没啥威慑力啊？你是生怕我们搞的这一出不会败露是吧？老子头一次见你这种爱往自己身上绑炸弹的白痴！"

"周小河今天被周大凤的老公卖给人贩子，我要是不过来，他这会儿都出省了。小亮死前唯一的念想就是这个儿子，我是利用他的死得名得利的人，我也是他的亲人，他管我叫爸爸，我不该对他负责？"

何畏好一会儿没说话，他知道曹洵亦说的是对的，当初能说服他冒险，很大程度上在于周小亮留了这么一个儿子。更何况，作为一个孤儿，他对周小河的感情既深厚又独特，自己实在找不到拒绝的理由。"好，这点我同意，也支持你，可是，你好好想想，你真的要把周大凤一起带过来吗？她是全世界最了解周小亮的人，我把话丢在这儿，你要是跟她住一个屋檐下，一天之内，她就能识破你。"

"她说，如果她继续留在那个家里，她老公会把她打死。"

"她老公打她，你就要管，当初你在福利院被人打的时候，她管过你吗？大哥，她背叛过你，你凭什么就认定，她不会再背叛你一次？"

　　听筒里只有曹洵亦呼吸的声音，何畏无法预测他的决定。艺术家天性冲动，他们只受情感驱使，这种情感可以生出永恒的杰作，也可以在眨眼间自我毁灭。

　　"你距离伟大的艺术家只差一步了，不要让她毁掉你。算我求你，洵亦。"何畏吐出这句话，口干舌燥，双腿战栗，仿佛站到了悬崖的边缘。

第十一章

失败者的武器

　　警察忙活了一上午，把所有工作人员都问了一遍，包括龙镇。

　　"最近有人员变动吗？"

　　"没有，上一次有人离职是一年前。"

　　"有薪酬调整吗？"

　　"没有。你们怀疑是自己人干的？"

　　"安保和监控都失灵了，不排除内部人员作案的可能。"

　　"黑客呢？我听说他们有这个技术。"

　　"嗯，也不排除这种可能，你有没有仇家？"

　　"我在行业里人缘很好，嗯，以前很好……硬要说的话，我得罪了一个年轻的画家，但是他已经死了。"

　　"你是说曹洵亦？"

　　"连你们都知道了。"

　　"自杀的人，我们会有印象。网络上对你的攻击也是因为他吧？"

　　"是的，都打他的旗号。"

　　"有没有死亡威胁，或者类似现在这个事的威胁？"

“有的。”

“你把这些人的信息给我们，我们筛查一遍。”

“好的，谢谢你们。”

“没事，我们应该做的。”

美术馆是龙镇一辈子的心血，龙镇一直认为，如果他将来可以载入史册，一定是因为这间美术馆，和它所代表的审美。

记者被保安挡在了外面，龙镇朝他们张望，见他们举着照相机试图拍摄，他知道，不论文字还是照片，都会成为书写历史的材料，而表达的意思都一样——龙镇美术馆终于被毁掉了。

龙镇转头走了进去，他要再看一眼，即便早上刚看到的时候，他几乎当场昏死过去。

从入口的第一件展品开始，红色的油漆就已发源，流淌过前厅的墙壁，在走廊上与西厅涌出的一段支流汇合，势若游龙。两面墙也都被泼满了红色油漆，再经东厅，腾云起雾，连天花板上都红成一片，油漆淋漓而下，坠成千条万条，甚是恐怖。最后，血河奔涌进主厅，万川交汇，在此肆虐横行，无处不红，仿佛屠宰场一般，透出一股鬼神皆怨的气息。

龙镇只觉头上的疼痛深入毛囊，似要炸开，满脑子都是“沦陷”二字。展厅里只有他一人，却还能听见他之前的怒吼在此回荡。

“这是谁干的，谁干的？”

“监控呢？保安呢？全都没看见？”

“你们都是饭桶吗？养你们有什么用？”

“别到处乱踩了，保护一下现场行不行？一群废物！废物！”

明明已经有了心理准备，龙镇的双腿还是像灌了铅，迈不动步。他不承想，世上竟有如此憎恨他的人。他是个传统的文化人，也以传统的思维揣度别人，观点上的交锋再怎么激烈，总不该变成现实的拳脚，这规矩他已坚持数十年，直到现在，才发现还在坚持的只有他一人而已。

他走出主厅，看见走廊上还有留下的油漆罐子。他走到墙根，摸了摸已经凝固的红色油漆，继而用力，指甲嵌入油漆之中，他使劲抠，抠下好大一块，眼泪也跟着流了下来。

他想起三个月前，蒋如台的作品在东京展览，美术馆跻身年度十大美术馆之列，他的微博粉丝突破百万。不仅新鸟网，还有其他电视台和网站邀请他录制节目，彼时可谓春风得意，名利双收。哪里料到，高处的风寒还未细细体味，他就掉了下来。跌到谷底不说，旁人还要踩上几脚，就因为他说了实话，怄死了一个脆弱的文青，又招惹了一个无耻的骗子。

龙镇胸中怒恨交攻，只得将头往墙上撞，以泄去急火。咚咚咚，声音沉闷，听得他自己更加悲伤。他抹去脸上的泪水，凝视着地板，看见地上点点红漆，勾勒出莫名的形状，既像血泊，又像人头。

"大画家，你知道惠斯勒[1]吧？"

"当然知道。"曹洵亦站在画架后，左近不远的地上有一圈栅栏，围着低头玩耍的周小河，他闹了一天一夜，哭得累了，总算接受了今后与"亲爹"一起生活的现实。

1　19世纪美国画家，在英国建立自己的事业，追求"为艺术而艺术"，是唯美主义的代表人物之一，代表作有"白色交响曲"系列、"夜曲"系列等。

何畏又拆了一件玩具，拿在手中摆弄："他打官司的事你知道吗？"

"没印象。"曹洵亦在画布上涂了一笔，他昨天磨完了《噪声》，今天打算画点新的东西——为了久违的灵感。

"嘿嘿，我也有胜过你的时候呢。惠斯勒有一幅画叫《烟花散落》，乍一看，你根本不知道他画的是啥，这幅画被当时一个很有名的评论家公开批评，说它是'将一罐颜料泼在公众脸上'，惠斯勒生气呀，就把这厮告上了法庭，并在法庭上阐述了自己的美学追求和作品本身的价值。最终惠斯勒胜诉，但法庭只判评论家赔偿他四分之一个便士，并且要求惠斯勒承担巨额的诉讼费，惠斯勒因此破产。[1]"

"故事很有意思，你想表达什么？"

"艺术是主观的，是私人的，它不能靠别人为自己伸张正义，因为你不能保证别人的想法和你一致，所以被误解就是它的宿命。想要避免这种情况，只有一个办法——放低门槛，获得大众的支持，然后亲自掌握正义的解释权。说人话就是——艺术要放下矜持，走向人民。"

曹洵亦搁了画笔，手摸下巴，琢磨了一会儿，忽然冷笑道："咱俩认识快十年了，我头一次知道你还研究过马克思。"

"你甭管马克思、恩格斯，走向人民绝对没错。我们不能局限在纯艺术的圈子里，这帮人有奶就是娘，有的是龙镇这种货色，指不定哪天就把你卖了。"

"走向大众好像也没那么容易吧？"

---

1 事实上，惠斯勒破产的另一个原因是他当时正在建造的个人住宅耗资不菲。

"只要你点头，其他的都可以交给我。"

只要出价比五斗米多，文人就会折腰。这话是罗宏瑞讲的。何畏发现，笑面佛的歪理都出自实践，说完就能操作，操作就有效果，效果还和他预期的一样。

前期宣传费用一共一千万元，一是笼络意见领袖，二是打点媒体，三是聘请团队拍摄曹洵亦的纪录片。

在此之前，网上也曾流传关于曹洵亦的文章，但都着力他被权威迫害致死的悲情故事，除了宣泄情绪和吸引流量，没有别的用处。而现在，目标明确，分工井然——有人写成长历程；有人分析绘画风格；有人横向对比，证明中国抽象主义堪与西方匹敌；有人纵向求索，阐明现代中国绘画人才辈出。

"会不会太夸张了？"

何畏却乐在其中。他将文章打印出来，像奖状一样贴在墙上，从客厅贴到二楼走廊。"我觉得刚刚好。我不反对你转职为奶爸，但你能不能先把今天的任务完成？"

"画不出来。"

"昨天不画挺快吗？嗖嗖地，一下就出来了。"

"昨天有灵感，今天没有。"

何畏将iPad拿到曹洵亦眼皮底下，指着设计师发来的海报："大哥，个展都给你准备好了，就别磨蹭了，行吗？"

与何畏相比，罗宏瑞对展览的态度截然不同。何畏虽然从美院肄业，但学院派余毒未除，还是将展览当作绘画的神圣殿堂，心向往之，不敢有任何逾越。罗宏瑞则不然，他将展览视为商业计划的核心环节，上承曹洵亦的绘画本身，下启由此生出的众多触角，伸向普通人的心里。

何畏陪罗宏瑞接洽了几十家公司，玩具、时装、数码，琳琅满目，满口艺术之名，注脚全是天文数字，他方才明白上层动物的乐趣所在，也为自己终于一步登天而暗自庆幸。

"秋季连帽衫限量联名款，家装冠名配色方案，还有和日本人合作的泥塑手办，抽象主义也有出手办的一天，你们老师有讲过吗？"

罗宏瑞总是说得轻描淡写，却能在何畏心底掀起波澜。夜深人静的时候，他常常兴奋到失眠，翻出抽屉里的股权协议，确认自己在公司的地位，连身份证号码都要挨个儿数清楚，生怕自己犯下错误，以至功亏一篑。

"不行，这两种颜色怎么能搭在一起？这不符合我的审美。"曹洴亦却不那么容易接受，尤其当何畏直接干涉创作的时候，他的反应就更为剧烈，"我是画家，画家站在视觉艺术的顶点，我不相信有谁能对我指手画脚！"

"你知道Miuccia吗？"

"意大利那个奢侈品牌？"

"对，这两个颜色是他们下一季的主打色，他们今年刚刚进入中国，一直没找到合适的营销策略。现在只要你在这幅画里融进这两个颜色，我就有把握说服他们跟我们合作。你现在等于有了时间机器，动动手指就能修改过去，然后中个头彩，为什么要推三阻四？"

"他们的主打色刚好在我的画里找到，不会显得太巧合了吗？"

"巧合才能显出你的天才！把你的名字跟奢侈品牌放一起，既拉高你的档次，又让欧洲人为你站台，你这幅画的价值还能翻倍，说不定他们自己就给拍回去了，一举三得，何乐而不为？"

曹洵亦没再说什么，开了颜料桶，照着色卡调起了颜色。

走向大众的同时还要继续在艺术圈攻城拔寨，在这一点上，何畏与罗宏瑞想的一样，他对此颇为得意。并非任何燕子都受百姓家的欢迎，在那之前，它必须在王谢堂前混个脸熟。有了三百万元的首拍价，整个大中华区的艺术品拍卖行都向曹洵亦敞开了大门。中国香港的杰人拍出了《1995》，成交价九百万元；中国澳门的远宏拍出了《注释孤独》，成交价一千两百万元；新加坡贝萨安连续拍出四幅曹洵亦的作品，合计成交价五千五百万元。

而最受关注的《噪声》，何畏与罗宏瑞决定捂到曹洵亦的个展之后，他们有九成的把握，这幅画的价值会在展览后翻倍，掀起又一个高潮。

何畏看出来了，不管卖多大的价钱，曹洵亦都兴奋不起来。恰恰相反，他每天都在抱怨，一会儿说自己江郎才尽，一会儿说艺术不应该重复，一会儿又神游天外，连周小河尿了床，他都要盯着那摊尿看上半天。

"我以前画画的方法是错的，画画不应该是闭门造车，起码这种方法不适合我，我不是太阳，我是月亮、月亮，你明白吗？"

何畏没有细听曹洵亦的胡话，他从不关心头顶的天空，他只留心地上的动物。

何畏想明白了，他不需要在意别人的行为，那既无乐趣，也无意义，他只需要证明自己——他将酒杯扔在地毯上，压到了女人的身上，这给了他快感，也给了他答案。

闭门会议，罗宏瑞坐在这边，老爷子坐在那边，中间隔了许多空座。

"你在忙活的事,我听老刘、老郑他们说了,账目我也看过了,你搭上严自立的关系,我不反对,但你整天折腾那个死掉的画家,还花这么多钱,算怎么回事?"

老臣子向着太上皇,背后常告阴状,罗宏瑞之前请咨询公司评估整个集团,也遭到他们的反对,还是在他保证咨询报告不会涉及管理层的前提下,才让老爷子松口。

"一千万很多吗?"

"当家这么久了,还不知道柴米油盐贵?你五岁那年,我求爷爷告奶奶,跑了七八家银行,你爷爷死了,我都来不及赶回去,就为了贷款。贷多少你知道吗?三万。"

"行啦,一个故事翻来覆去地讲,我给你讲点新鲜的吧。"罗宏瑞顺着桌面滑过去一份文件。

老爷子看了一会儿:"信托?"

"艺术品信托,我们用艺术品成立信托计划,转让艺术品的收益权,再募款,就能补上公司的窟窿了。"

老爷子又把文件翻来覆去看了两遍:"预期收益率8.5%,第一期融资规模2.5亿,曹洵亦艺术基金会,我看不懂!"

"您不是看不懂,您是年纪大了。我解释一下吧,曹洵亦是一个英年早逝的画家,他留了五十多幅作品,现在全部收在一家基金会里面,基金会的实际控制人是我。我会先搞一个发布会,把气势做起来,再把他的画送去拍卖,按正常估计,应该能拍到两三千万的价格。"

"两三千万?你这写的是2.5亿。"

"两三千万是我和拍卖行私下商定的真实价格,到时候,现场会拍到三亿。"

"你说三亿，人家就给你公布三亿？"

"三千万的手续费是15%，四百五十万；三个亿的手续费是10%，三千万，这是实打实要付给他们的，你说他们会选哪个？"

老爷子眯着眼睛又琢磨了一会儿："你拍下来之后，付款期限是多久？"

"您看出门道了。付款期限半年，还可以分期，拍卖行那边一落槌，我这边艺术品信托就上线，质押物就是这件拍了三亿的作品，稍微折点价，抵押给银行，募资2.5亿，您看明白了吗？拍卖行那边的钱还没付，我们的账上就有了两亿多，多弄几轮，您那十亿的窟窿不就堵上了吗？"

"空手套白狼，你就不怕出事？"

"这套操作也不是我发明的，以前就有人玩过，不过他们的玩法里面有一个隐患，他们选的艺术品要么没价值，要么干脆就是假的，稍不留神，就会被人捅穿。我这就不一样了，曹洵亦是大红人，又是个死人，作品无法再生，还有指纹这么刁钻的防伪手段，不可能有赝品出现，作品价值稳升不降，您看，是不是毫无破绽？"

老爷子站了起来，手指敲击桌面，盯着罗宏瑞看了半晌："别人跟我说P2P的时候，也像你这么自信。"

罗宏瑞没说话。

老爷子走到罗宏瑞身边，将文件还到他手里："但你毕竟是我儿子。"

罗宏瑞笑了："叔叔们怎么处理？"

老爷子拍了拍他的肩膀："你长大了，自己做主吧。"

雨淅淅沥沥地下起来了，他浑然不觉，只顾在纸上涂抹，偶尔有雨滴落在手背上，他才会忽然活过来。

曹洵亦在车站坐了一小时，周围候车的人来了又去，没有人注意到他，即便身旁的广告牌上就有他的照片——"天才回光——曹洵亦个人作品展即将开幕"。

他戴了口罩，头发也比照片上长了许多，原因不止于此，他猜测，人们只是知道他的声名，并不关心他绘画时的样子。他换了一种颜色，继续涂左上角的部分，这是他第一次用蜡笔作画，其中的乐趣令他欣喜，纸上的线条时断时续，脑中的灵感却绵延不绝。

烧掉旧作之后，曹洵亦就觉得脑子里灌了水泥，不论是画新还是画旧，他都没法下笔，反倒是去了一趟周大凤家，体味到其中的酸甜苦辣，又看到亲生母亲那张衰老而怯弱的脸，才让他有了感觉。

我不是太阳，我是月亮，我不发光，我只反射别处的光芒。

他停下蜡笔，凝视纸上的画面，那像一群人，又像一片丛林，色彩对比强烈，却在边缘趋于平淡，既充满热情，又让人觉得虚假。

"你画的是什么？"头顶响起一个声音。

曹洵亦回过头，看见身后站着一个中年女人："你觉得呢？"

女人又朝画上看了一眼，羞涩一笑："我看不出来，怪好看的。"

"好看就行。谢谢你。"

一辆公交车正在进站，女人抬头看了一眼，脚也跟着动了，她走出去几步，忽而又停下，折了回来。

"大兄弟，你这画送我行吗？"

曹洵亦愕然："为什么要送你？"

女人的脸有些红了："我就是觉得好看，想拿回去贴在墙上。要不，我出钱买？"

"你出多少钱？"

女人拿出钱包，抽了一张百元钞票："一百行吗？我一天就挣这么多。"

曹洵亦摇头。

"那再加一百。"

曹洵亦还是摇头。

"你开个价，这么一张画，你总不能要好几百吧？"

曹洵亦伸出手，让雨水落在掌心："你把雨伞给我吧。"

周小亮离开的第十天，陈兴国把钱输光了。还清赌债之余，剩的钱原本足够添置家用，再做点小买卖，让他和周大凤在乡下过体面日子。当然，这只是周大凤的一厢情愿。

她的一厢情愿不止于此。她还希望陈兴国能改邪归正，不再和那些犯法的人来往，就像任何寻常老头子一样，忙时在外奔波，闲时看看电视，等到时机成熟，再立个字据，与周小亮冰释前嫌，让他放心小河与他们一起生活。

周大凤坐在椅子上，左半边身体僵硬、疼痛，脸上的伤口也还能看到血肉。陈兴国又打了她，原因她记不清了，可能是她说话不中听，可能是她菜烧煳了，也可能是她藏了钱偏偏又被他找到。

年轻的时候，周大凤被村里视为荡妇。她没读过高中，只跟高中的老师谈恋爱，那老师是有妇之夫，做事并不周密，幽会了几次，奸情即告泄露。周大凤在镇上被原配带人拦住，连骂带打，如同猴戏般被人围观了一小时。父母知道这桩丑事后，将她锁在家里大半年，直到她以死相逼，才放她进城打工。一年之内，她换了七份工作，断断续续又谈了三段恋爱，可惜都遇人不淑，没一个能救她脱出困境。她也曾想靠自己立足，怎奈学历太低，又吃不了苦，空发一堆宏愿，一个都没能实现。更可气的是，等她败回乡下，才发现有了三个多月的身孕，孩子的父亲联系不上，她不知道该不该生，算命的说这孩子不得了，足以让她母凭子贵。有了念想，她躲在家安心待产，时候一到，却生下一对双胞胎。人说贫贱夫妻百事哀，她连夫妻名分都没有，又怎么喂得活两个孩子，只好狠心丢掉一个了事。

前尘往事埋在心头，周大凤本来不怎么惦记，只是这些日子事多，她才又想起。所谓"母凭子贵"她早已不当回事，只求平平安安，逢年过节能一家团聚，也就满足了。

"我早跟你说了，你儿子没有良心，他挣那么多钱，想过给你吗？你帮他带孩子，才给你一两万，不是打发要饭的是啥？要不是我发了狠，让他放点血，只怕你到今天还在给他当苦力。"

陈兴国打了她，又跟她说些闲话，她沉默不言，心里却也跟着嘀咕。自打周小亮带小河去城里后，联系果真变得少了，就算她每天问东问西，嚷嚷要看小河，周小亮也爱搭不理，过个一两天才敷衍两句。

他的确对自己没有任何感情，周大凤对此并不意外。

"你说你，要是把小的留在家里，他顾及小的，也还每个月打钱回来，现在呢？只剩两个老的，他才懒得管。要我说，不如这样，你给他打电话，就说我把你打住院了，让他出点医药费？"

陈兴国出了主意，周大凤没有吭气，不过他也不在乎，打得更勤了，估摸着打得再狠些，周大凤和周小亮都会就范。但周大凤心里很清楚，就算陈兴国把自己打死，周小亮也不会回来瞧一眼。

昏昏沉沉又过了几天，家里来了一位生客，这人穿得精致，不像来讨债的，坐在门外凳子上，用纸巾擦拭皮鞋上的泥土。周大凤心里起疑，便挨到门边，偷听他和陈兴国讲话。

"您这样金贵的人，也会跑到我们这种地方来。"

"这事情蹊跷，我得亲自来。"

"城里人本事就是大，竟然能找上门来。"

"我在政府认识人。你儿子在家吗？"

陈兴国一笑："你来得不巧，他半个多月没回来了，要我说啊，这辈子都不会回来了。"

听这人要找她儿子，周大凤沉不住气了，探头问道："你找他做啥？"

那人盯着周大凤看了一会儿，点头示意："有个项目想跟他合作，你们有他联系方式吗？"

陈兴国拉住周大凤的手，将她整个人拽了出来："她有，她有。"

周大凤跟跄两步，站到陌生人跟前，垂眼瞧出这人身份非常，虽然上了年纪，却还有一股得意的劲头，不似乡下老头儿身有暮气。"你是干啥的？"

陈兴国抢着回答："他是开美术馆的。"

一听"美术馆"三字，周大凤心中有了数："我能找到他，你要干啥？"

"我找他录节目，是好事情，你们放心。"

陈兴国连忙追问："上电视啊？给多少钱？"

"很多钱。"

陈兴国乐得眉开眼笑，晃了晃周大凤的手臂，示意她赶紧照办。

周大凤甩开陈兴国的手，对龙镇说："我只跟你说。"

陈兴国的笑容登时僵住，他动了动嘴，似乎要吐出几句脏话，终究没有开口，起身时故意碰翻了凳子，又瞪了周大凤一眼，这才恨恨地走了。

看陈兴国走得远了，周大凤扶起凳子坐下，直视着面前的老者说道："你是龙镇？"

"你认得我？"

"我也看新闻。"

"现在资讯发达，乡下也听到我的恶名了。"

"你来找周小亮，是因为他跟曹洵亦长得像。"

周大凤看龙镇凑近了些，双眼盯紧自己的脸，似乎要数清她脸上的伤痕："老姐们儿，你是聪明人，跟你老伴儿不一样。"

"你不说清楚找我儿子做啥，我是不会让你去找他的。"

"你问到这个分儿上，说明你知道我和曹洵亦之间的事。我跟你说点别的吧，曹洵亦一死，再加上他那个经纪人一闹，我就身败名裂了，几十年积累的名誉、地位全没了，背了一身债不说，连我的美术馆也被毁了。他的画本来是废纸一张，现在价值连城，按这势头，下一幅就能破亿。而且，我听说一帮人还以他的名义成立了文化基金，要搞IP，搞全产业链，就着我的棺材板起高楼不算，还要宴宾客。我已经被毁了，他们也别想好过，我一定要扳倒他。"龙镇停顿了一下，笑了笑，"有点失态，老姐们儿，我说的这些你听得懂吗？"

"基本听不懂，但我听出来了，你想报复他们。"

"对，就是报复。我思来想去，觉得你儿子能帮我，老天有眼，世上竟然有跟曹洵亦长得如此像的人，你老伴儿拿照片来的时候，我还以为是双胞胎呢。他肯定PS过，对不对？我跟你说，我的计划是这样的，我找人拍你儿子吸毒和嫖娼的视频，你放心，都是假的，演戏。我会请专业团队，弄得跟真的一样，再把时间改一改，丢到网上。你懂吧？网民一看，肯定认为这是曹洵亦在嫖娼，在吸毒，死了是大画家，活着的时候脏得很，在咱们国家，但凡沾了这两样，马上死无葬身之地，天王老子也救不了！"

"噢，整了半天，你要请我儿子当演员。"

"对，就是当演员，很简单。"

"那你打算给多少钱？"

"五万。"

周大凤摇头："不够。"

"十万！"

周大凤还是摇头。

"十五万。"

周大凤看向池塘边，陈兴国正在那搓脚。

"老姐们儿，你这就有点贪心了，我五万、五万地加，已经很有诚意了，就几分钟的戏，一般演员也这个价，你还想怎样？"

周大凤收回视线，摸了摸生疼的唇边，说道："我估计，至少得一个亿。"

龙镇怒极而笑："你是个疯子。你倒说说，他凭什么值一个亿？"

168

"你刚才不是说，他下一幅画能卖一个亿吗？"

"他卖一个亿又不进我的口袋。算了，我还是跟那老头儿说吧，他起码还是个正常人。"

见龙镇起身要走，周大凤拽住他的袖口："我跟你说为啥要一个亿，但你要保密。"

龙镇瞥了她一眼，有些不耐烦："行，我不跟别人说。"

周大凤深深地吸了一口气，仿佛又站到了福利院的铁门前，心乱如麻，又自知别无他法。"其实，就算你给他一个亿，他也不会干。"

"为什么？"

那时候，她朝四周看了看，没看到人，便猫下身子，将怀中的婴儿放在地上，转身就走了，她回头了吗？她不记得了。

"因为他就是曹洵亦，曹洵亦还活着。"

第十二章

月　亮

又喝光一整瓶矿泉水，他今天的工作终于结束了。接待了三拨小学生，二十多个散客，将解说词翻来覆去说了几十遍，中途还要招呼小孩子不要乱跑，不要喊叫，不要伸手摸。他觉得嗓子已经冒烟了，但并不觉得辛苦，前前后后他一共在查尔斯·德穆思[1]的画下停留了一小时，画中的蔚蓝天际足以抚慰他疲惫的心灵。

遗憾的是，今天就是最后一天了，从明天起，他们要打包展品，将它们物归原主，再重新布置展厅，为下一场更盛大的展览做准备。

他在馆内转了一圈，检查还有没有滞留的客人。这种事并不常见，艺术宫开业十年来，入馆的客人一年多过一年，观赏的平均时间却越来越短，再怎么用心的展览，他们也是走马观花，半小时就打发了。师父说过，不要强迫大众，不要奢求大众，不要苛责大众，只要他们愿意亲近，就应当心怀感恩。

他关了电灯，关了显示屏，又收了指引路线的告示牌，唯有

1　活跃于20世纪前期的美国精确主义画家，代表作有《我的埃及》《我看到金色的数字5》。

从走廊洒进来的余晖他无法关闭，他站在那里，感受人去楼空的寂静，这是每天都可以进行的仪式，是他最为珍惜的时刻。

展厅的画都是从美国借来的真迹。它们诞生于很多年以前，或许在苏必利尔湖的岸边，或许在阿什维尔的屋檐，画家都已身死形灭，唯独它们被挂在异国的墙上，聆听陌生人迟来的哀悼。

他又绕到查尔斯·德穆思那边，想最后再看它一眼，刚走到跟前，心里一惊——画下坐着一个戴口罩和帽子的人，怎么刚才没有看到？

"先生，我们要关门了。"

"嗯，我马上就走。"

他站在旁边，好一会儿没有说话，空阔的展厅里只有他们两个人，他屏住呼吸，对方却仿佛没有呼吸，什么声音都没有发出。

"先生，你也喜欢这幅画吗？"

"我的埃及，我的埃及。"那人没有回答他的问题，只是仰望着画，嘴里重复着画的名字。

由于糖尿病的困扰，查尔斯的身体逐渐虚弱，他长久地生活在故乡，画了很多故乡的工业建筑，出现在《我的埃及》里的就是一栋谷仓。在形式上，查尔斯将谷仓的圆形结构与古埃及的建筑遗迹类比；在更深的精神层面，埃及曾经是犹太人被囚禁奴役的地方，他们期待离开埃及，回到迦南乐土，而画家的精神被囚禁于病重的身体之中，在死亡来临之前，这种囚禁永远都不会结束。因此，有人认为，这幅画是画家对自己的追悼和纪念。

他没有把这段解说词念出来，他猜测，眼前这个人已经领悟到了画里的深意。

"今天是最后一天吗？"

他说："是的，明天就要换主题了，是一个国内的画家。"

"太可惜了。"

他没有接话，尽管他心里也这样认为。这场侧重于美国20世纪初的主题展策划了三年，去年才敲定全部展品，却只展览了一个半月就匆匆收场，领导没有透露原因，他也能猜中机关——下一场展览的金主给得太多了。

"那个画家画得更好吗？"

他没有接话，沉默了一会儿，笑笑说："我不知道。"

对方站起身，向他鞠了一躬："谢谢你。"

"不客气。"他看着对方离开，在他即将消失于大门之前，又说，"下次展览再见。"

对方回过身，点点头："一定。"

被开除之后，何畏从没回过美术学院，倒不是有多不喜欢，而是他总盼着成名之后，凭一份邀请函，在副校长或以上级别人士的陪同下，表情淡漠地走进学校大门，向年轻的后辈招手，朝冰冷的人工湖丢石头，再叫副校长或以上级别人士去把石头捞回来。

当然，何畏也知道，这样的痴心妄想永远不会实现——不论副校长还是以上级别人士，他们都身形肥硕，体态臃肿，估计不擅长游泳。

但他终究还是回来了，从学校的偏门进来，没有人陪同，没有人迎接，甚至没有用自己的真实姓名，而是裹得严严实实，只在职业大楼进出。

做学生的时候，他从没来过这个地方，既是不屑，也是不能。这栋楼除了供求职招聘之用外，也是勤工俭学的据点，技艺精湛的学生可以在此客串老师，教外人画几笔，学费不高，学校还要抽成，但好歹是一笔收入，抵消日常开支之余，再请两顿夜宵还是够的。

何畏报班学画已经两周，与其说是学习，倒不如说是复习，都是他学过的东西，只是时间久了，他又对学院心怀怨恨，便生疏了。

今天是高级进修班的最后一节课，年轻的老师说了一些搜刮灵感的窍门，就正式结束了课业，又发了一通宏愿，祝福各位在今后体会到绘画的魅力，带着学院审美的眼睛重新观察生活。

对这些虚无缥缈的话，何畏还有印象，他记得在大一的某门课上，老师会讲一整个学期，从原始人画的野牛，一直讲到布列松[1]的"决定性瞬间"，这是何畏少有的上满的课，因为这门课不需要他动手，尽管充斥其中的理论和说教他并没有完全相信。

世上真有纯粹的美吗？何畏总在课上出神，或许有吧。在很久以前，那时候"美"本身就是目的，他们摘了花别在头发里，对着水中倒影看上半天，捡了亮晶晶的东西摆在洞口，看它们反射月亮的光芒。再后来呢？每一种美都处心积虑，每一种美都明码标价，即便是遥不可及的月亮，也可以用无数的六便士将它买下。

老师又走到何畏身后，看他画了一会儿。

"你的底子很好，应该再深入打磨基本功，不用这么激进。"

他不是第一次说这样的话了，刚开始上课的时候，他就将何畏当作遗珠，试图丢他进艺术的泥潭。

"够用就行了，我很满足了。"何畏在画上补了一笔，构图奔放，色彩随意，仍旧是一幅模仿德·库宁的作品，若是镶上做

1　法国人，20世纪最伟大的摄影家之一，参与创立了玛格南图片社，提出的"决定性瞬间"摄影理论影响深远。

旧的木框，他有信心卖给贼心不死的中年人。

印象里，福利院的院墙很高，曹洵亦吃了很多年蔬菜，才能踮起脚看到外面。

他从宿舍楼后面的院墙翻了进来，这里是监控盲区——其实也没什么所谓，监控室的老头子一到下午就打瞌睡，为此还藏了枕头和被褥在柜子里。

现在是星期四的下午三点钟，按照惯例，孩子们都在另一栋楼里看动画片，当然，也有例外——老唐从来不去，他看不了太闪亮的东西，一看就会尖叫，所以每到这个时候，护工都会把他留在自己的屋子里，让他玩玩具，或者睡大觉。

二十年过去了，福利院还是老样子。

曹洵亦推开门，看见老唐坐在桌子边，背对着他，两只手拨弄着桌上的算盘，拨得噼里啪啦响。

他关上门，取下口罩，摘了帽子，走到老唐背后，静静地站了一会儿，老唐没有反应，仍旧拨弄着算珠。

老唐很少说话，他喜欢看图画，这也是曹洵亦和他的游戏。画一张床，老唐就知道该睡觉了，会抓着曹洵亦的手跟他回寝室；画一只狗，老唐会笑；画一条蛇，老唐会害怕；唯独画一轮残缺的月亮，老唐不知道那代表分别。

"我不敢画得太具体，我怕你会伤心。"

曹洵亦将手搭在老唐的肩膀上，过了一会儿，算盘声停了，老唐也将一只手盖在了曹洵亦的手背上。

"今天再画点什么？"

前些天，曹洵亦已经画遍了自己能想到的全部动物，又画了不同姿势不同表情的老唐，甚至给他长了一双翅膀。一个挨着一个，已经占据了床对面一半的白墙。曹洵亦从口袋里取出蜡笔，在另一半白墙前站定，思索了一会儿，画了一条向上的抛物线："来点抽象的吧，看你能不能看懂"。

老唐转身看着他，不出声，也不移开视线，就像小时候一样。

曹洵亦画了半小时，这一次，他占据的画幅更大，手上也更加用力，好几次都压断了蜡笔，不得不换一种颜色，他以为能画出孤独的生命，也画出卑微的叹息，却始终不能让自己满意——

高跟鞋的声音又过来了，她每隔一小时来看老唐一次，算是履行她的义务。曹洵亦将蜡笔放到桌上，不慌不忙地钻到了床底。

"老唐，你怎么又在墙上乱画呀！你看你画的都是些什么鬼东西，张牙舞爪的，上次怎么说的，你再画，我就把你的蜡笔没收了，我没收了啊！"

曹洵亦看见护工走到老唐跟前，应该是做出拿走蜡笔的样子，老唐忽然尖叫起来，声音凄厉，能震穿人的耳膜。

"好好好，我不拿，但不许画了，在墙上乱画算破坏公物，懂不？院长要是看见了，他不会收拾你，可会收拾我！唉，我还是给你擦了吧。"说着，护工从口袋里摸出一条手绢，吐了些口水，认真地擦了起来，擦了一会儿，她又叹了口气，"这也太多了，我去打水来，你跟我一起擦，别想偷懒！"

等护工出了门，曹洵亦看墙上的笔迹有些已经变淡，有些起了毛边，笑了笑，又抱了抱老唐，然后出门离开，他知道，自己不用再画了，护工会替他完成。

在公交车停稳之前，欧阳池墨刷了公交卡，余额三元五角，她不知道还能撑多久。

她下了车，走到马路对面，往北走了一段，遇到一家银行，再往东拐了一个路口，又走了二十多米，从便利店旁的楼梯上到三楼，这段路她很熟悉——没有哪一次的心情像今天这样沉重。

307的玻璃门上挂着一把U形锁，透过玻璃，能看见公司的名字。半个月前，欧阳池墨还将它当作自己的希望，以为终于苦尽甘来，马上就要实现梦想。

这是一家艺人经纪公司，以包装和运营年轻歌手为主业。他们找到欧阳池墨的时候，承诺对她全方位包装，并推荐她参加明年开春的一档综艺。若是以前，欧阳池墨不会搭理他们，不管是不是骗子，她都觉得没有必要。但长久的寂寞卸去了她的壳，只要不违背道德，她都愿意尝试。公司说得很克制，指出了她的优势和短处。老板也很规矩，看上去对女性没有兴趣。进出的同类很多，都是揣着梦想的少男少女。所以，当他们提出要收五万元培训费的时候，欧阳池墨只稍微迟疑了一下，就掏出了全部家当。她相信，将来某一天，这段孤注一掷的经历可以成为谈资，在专访里云淡风轻地说出来，让喜欢她的人为她喝彩。

一本教材，一次形体训练，一次舞台参观，再之后，公司沉默了很久，等到欧阳池墨失去耐心，打电话找他们的时候，才发现电话已经打不通了。

欧阳池墨贴着玻璃门，朝里面左右看了一圈，空阔死寂，俨然一副跑路的样子。她想骂人，却不知道该骂骗子可恨，还是骂自己愚蠢。

楼梯口传来脚步声，一个人走了上来，她回过头，准备扑上去撕咬，却发现来人也是一个姑娘，背上也有一把吉他。

姑娘走近了，低头看了那把U形锁一眼，又看了看欧阳池墨，忽然就哭了出来。

欧阳池墨没有说话，也不打算拍她的肩膀，就那么看着她，看到她不再哭了，才问："你也被骗了？"

姑娘点头。

"多少？"

"十万……"

欧阳池墨心里困惑——她居然拿得出十万。"报警了吗？"

"没有。"

"他们怎么跟你说的？"

"他们说，他们说，"姑娘脸上还挂着眼泪，"明年有档节目我可以去，内定三十六强，至少能录八期，导师有文心，我特别喜欢文心，真的，她每首歌我都喜欢，每张单曲我都买了，我跟他们说，一定要把我分到文心那一组，就算少录两期也可以，我好想和她一起在台上唱歌……我那么相信他们，我训练那么刻苦，我连工作都辞了，为什么他们还要骗我，为什么啊？"

欧阳池墨没有答案："他们的人你还能联系上吗？"

"全把我拉黑了，电话也打不通。姐姐，你说怎么办啊？我的钱都是借来的！"

隔着玻璃门，欧阳池墨拍了几张照片："走吧，我们去公安局。"

楼梯间忽然变得很黑，往上爬的时候还不觉得，等到往下走了，才觉得寸步难行，欧阳池墨摸出打火机点着，火苗微弱，怎么也照不亮脚下的路。

第十三章

食物链

午觉醒来，曹洵亦又不见了。

何畏不记得这是第几次了。第一次，曹洵亦说出去找灵感，何畏说没有必要，我要的是复制，不是创作；第二次，曹洵亦在外面待了一个通宵，还买了早饭回来，何畏说不要去人多的地方，不要跟外人说话；第三次，曹洵亦弄丢了口罩，何畏问他有没有被人看见，他说不确定。

何畏发现，自己的忍让被曹洵亦理解成了默许，并被不断地往更危险的地方试探。

何畏陪周小河玩了一下午，一会儿看表，一会儿幻听，熬到太阳下山，曹洵亦回来了——他摘了帽子、口罩，又将外套挂到架子上，还去厨房倒了一杯牛奶，仿佛刚回家的上班族。

"曹洵亦！你能把自己的命当回事吗？你能把我的命当回事吗？你这么干会有什么后果，我说得还不够明白？"

"放心，没人看见我。"

何畏想一拳砸在他的脸上："你怎么知道？说不定已经有人把你的照片发到网上了，阴谋论都编好了，转发都上万了，你还在这儿傻不棱登！"

曹洵亦喝光了牛奶，走到水槽边洗杯子："就算有人拍了照片，也只觉得我跟曹洵亦长得像，长得像明星的普通人还少了？"

何畏接触过不下一百个所谓的艺术家，他们的症状都一样：冲动、任性，没有危机意识。他本以为曹洵亦沉默少语，又听人劝，想必没有感染，现在看，他只是潜伏期长而已。

"下周就是个展了，你别再给我整幺蛾子，行不行？！"

曹洵亦将杯子放回柜子，转过身，背靠着操作台，慢悠悠地说："说起个展，跟你说一下，我要去现场。"

何畏觉得自己变成了一只壁虎，尾巴啪地断成了两截。他的嘴唇动了动，把脏话憋了回去："大哥，你知道我们预期人流量有多大吗？到时候来的都是你的狂热画迷，哪个对你不是了如指掌？你的长相、身材、眼神、声音，你手指上有几个轮，鼻孔里有几根毛，他们都一清二楚，你到了现场，分分钟被认出来，然后呢？《曹洵亦之死——中国艺术界最大骗局始末》，标题我都给你起好了，我们往里面投入的心血、财力、人力全都白瞎，别墅、女人、车子，一个不剩，还剩什么？手铐、牢房，还有狱友！"

"我又没说我就这么走进去。"

"那你打算怎么进去，找人抬吗？"

曹洵亦拿出素描本，翻到最新的一页："照着这个设计，做七套出来。"

那是一身宽大的连体衣，配一个鬼怪头套，两者都被冷暖色调相间的纹理覆盖。

"看着眼熟。"

"是从《隐身》里提取出来的怪物形象，就当展览的吉祥物了，你雇六个大学生，再加上我，明白了吗？"

"这东西有更丰富的形象设计吗？说不定能做成玩偶，或者印到衣服上。"

"只要我能去现场，什么都好说，如果不让我去——反正我还没画完。"

"我估计你也画不完了"，何畏盯着曹洵亦的眼睛，恨不得透过视网膜看到他的猪脑子——他想不明白，这个人为什么比牲口还倔，"这东西不透光吧？"

"材料用足，探照灯也照不透。"

"我去安排。曹洵亦，你记住，这是我最后一次满足你的要求。下一次，我一定跟你同归于尽。我没开玩笑。"

除了曹洵亦，其他人也会提要求，何畏同样没有拒绝的资本，比如罗宏瑞。

为了展览，罗宏瑞租了废城人民艺术宫，还设了临时的办公室，他一间，何畏一间。罗宏瑞又给展览配了系列活动，开幕式、研讨会、纪录片首映、商业项目发布，林林总总，光是嘉宾就请了几百位。

"我请了个大人物。"

"又搞定一个大人物。"

"对了，嘉宾名单里加了个人，大人物。"

罗宏瑞总把"大人物"挂在嘴边，听得多了，何畏也觉得贬值。直到有一天，罗宏瑞说出了那个名字。

"你说谁？"他希望是自己听错了。

"就那个青年导演，贾诚。"

何畏的壁虎尾巴又长出来了："你请了他？"

"我没请，他主动联系我的，他说他下一部电影的主角也是画家，而且他说他的美学风格受到了曹洵亦的影响，所以就想来开新片发布会。这人现在很红，第一部长片就去了柏林，票房还高，整个电影圈的制片人、演员、记者都追在他屁股后头。他跟我们强强联合，互相蹭，多好。"

"是挺好的。"他当然记得贾诚，当初喝多了酒，曹洵亦跟他坦白自己为什么要把《噪声》拿回来，就是因为贾诚的电影海报抄了他的作品，而且贾诚还是苏青的男朋友，到时候，贾诚发布新片，苏青肯定也在场，相拥一吻，曹洵亦穿个吉祥物套装在台下，光想一想，何畏就觉得他会爆炸。

当然，有些人的要求，何畏还是敢拒绝的，心情好了，还要调侃一番，比如汪海。

汪海现在是国内曹氏研究的专家，论文都发了。展览的研讨会就由他主持，主题拔得很高——"曹洵亦的艺术思想源流以及他对世界的影响""中国抽象艺术的困境和破局""艺术品市场的监管以及学界在其中所扮演的角色"。

他还三天两头给何畏打电话，有时候单刀直入，有时候九曲十八弯，意思都一样——让何畏证明他手里那两幅油画是曹洵亦的真迹。

何畏拒绝了，出自理性考虑——如果开了"虽然没有指纹，但也是曹洵亦早期作品"的口子，赝品就会层出不穷。曹洵亦也拒绝了，出自报复心理——他恨不得当面欣赏汪海气急败坏、无可奈何的样子。

"何畏呀，我好歹也是你的老师，你就帮我这个忙吧，我年底就退休了，身上又有病，往后啊，就指着这两幅画活了。你跟曹洵亦关系那么好，是不是他的笔法，你还看不出来吗？"

"汪老师，我真看不出来。你也知道我经常翘课，除了在校长办公室撒尿以外，也没别的本事，是不是？"

"此一时彼一时嘛，你现在是曹洵亦的代理人，你的话大家都会听，你又不需要说那些专业名词，只要点个头，说你见过曹洵亦画这两幅画，不就行了？我跟你再说一遍啊，怎么回事呢，是当初我办公室想挂两幅画，就请曹洵亦帮我画了，当时呢——"

"不用说了，汪老师，这事我真帮不上忙，曹洵亦画画都关着门，我哪知道他画过什么？要真是他帮您画的，您肯定有合同吧？拿合同出来不就行了吗？"

何畏当然知道汪海没有合同。

"我俩当初没签合同，师生关系嘛，搞商业那一套，不就见外了嘛？"

"那这样呢？您不是认识很多专家吗，您组织他们开个研讨会，论证您那两幅画是曹洵亦画的，不就行了？"

何畏一面说，一面看着对面吃饭的曹洵亦。

"何畏，你是真不肯帮老师这个忙了？！"

"不是我不帮，是我有我的原则。"

"什么原则？"

何畏清了清嗓子，他希望这句话能有节目效果，能惹得曹洵亦喷饭。"我的原则就是——绝对不说谎。"

涂了眼影，抹了口红，又朝镜子里瞧了一会儿，还是不太满意，苏青叹口气，看向镜子的右上角——那里映出贾诚的影子，他正从浴室出来。

"我不去了。"

贾诚走到苏青身后，揽住她的肩膀："不都说好了吗，怎么又变卦？"

"我觉得这样不好。"苏青按着贾诚的手——后者已经伸向她的胸脯，"他死了才出名，也是个可怜人，我到他的展览上抛头露面的，万一……"

"你怕被认出来？他的事闹了这么久，扒他的文章每天都有，有几篇提到过你？就算提到你，他们也都很客气。你们正常分手，分手的时候你也没羞辱他，你跟他自杀一点关系都没有，你怕什么？"

曹洵亦刚自杀那会儿，苏青的确生活在恐惧之中，她恐惧噩梦，恐惧流言，恐惧深夜响起的铃声。对曹洵亦的歉疚一直都有，从遇到贾诚的那天起，她就在新欢和旧爱之间拉扯，但世上没有哪段爱恋可以靠愧疚维持，一边是厌倦与日俱增，一边是暧昧的窗户纸亟待捅破，她忍耐了足够久，久到担心贾诚会失去耐心，直到最后一刻才做出选择。

"但有人说我贪慕虚荣。"

"我觉得人类恶心的地方就在于，把性欲包装成爱情也就算了，还非得加那么多限制条件，喜欢长相是好色，喜欢钱财是虚荣，还有什么喜欢权力、喜欢地位、喜欢身份、喜欢性能力，通通不行、通通不健康，你就得喜欢一个人性格温柔会聊天，只有这种喜欢才值得赞美，但实际上呢，有几个人做得到？我就要告诉他们，喜欢什么是人的自由，谁也管不着，就是被喜欢的那个人，也没权利说三道四。比如我……"贾诚俯下身，贴在苏青耳边，"我就是喜欢你叫床的声音，仅此而已。"

"讨厌。"苏青被他逗得笑了出来，"明明是你叫得更大声。"

"是吗？回头我买个分贝仪，我们比一比。"

苏青笑得脸颊绯红："哎呀，你赶紧去换衣服，等会儿来不及了。"

这是苏青第二次来废城人民艺术宫，上一次是两年前，她陪曹洵亦看一个装置展览，唯一的印象是曹洵亦给她拍了一张人显得很胖的照片。

苏青挽着贾诚的手臂，踏进正门，接过门边吉祥物递上的宣传单，扫了一眼其上的"曹洵亦"三个字，斯事已成，斯人已逝，她心中感慨，竟有些伤心。

"贾导，欢迎欢迎。"一个胖胖的男人向贾诚伸出了手。

"罗总，很盛大呀，凡·高展也不过如此吧。"

"哪里哪里，多亏贾导捧场啊。二位随意参观，发布会在十一点半，到时候会提前通知。"

"好的，谢谢。"

室内的冷气温度调得很低，苏青往贾诚身上靠了靠："那胖子是谁？"

"罗宏瑞，大老板，这展览就是他搞的。"

"喜欢艺术的有钱人啊。"

"是的，衣食父母。"

穿过幽暗的走廊，两人遇到了第一幅作品，白色画布上涂抹了几百块不规则的方形，它们或大或小、或红或绿，排列凌乱，似乎组成了数条蜿蜒的曲线，仔细分辨又发现并非如此。

"你看得出他画的什么吗？"贾诚问。

苏青摇头："他也问过我，我每次都说看不出来。"

贾诚走近一步，看清了右下角的铭牌："《炎黄》……嗯，我可能还是更适合电影这种通俗艺术。"

"看不懂就算啦，感受绘画本身的美就好了，为什么非要解读它呢？"

"挺有道理，哪位大师说的？"

苏青忽然想起，这句话是曹洵亦告诉她的："瞎说的。"

"那我把这句话写进台词。"

两人朝下一幅画走去，遇到几个认出贾诚的影迷，贾诚便将苏青搂得更紧。

"这地方租金这么贵，展品又摆得这么稀，罗宏瑞真是财大气粗，我得让他来投我的电影。"

苏青打趣道："你何苦害人家？"

说笑间，身旁走过去一个男人，屋顶的光照亮了他的头顶，不容苏青注意不到，她与那人对视了一眼，觉得有些眼熟，又想不起名字，等他走远了，才恍然记起，同时也暗自庆幸——还好没有相认，否则又徒增尴尬。

是苏青。何畏看见她的时候，离她已经不到三米的距离，她身边的斯文败类应该就是那个导演了。何畏不想跟她打招呼，他一直都不喜欢这个女人，或者说，在他发迹之前，他不喜欢任何漂亮女人，性欲固然有，只是他很清楚，漂亮女人都当他是残次品，不会询价，不会等待打折，不会关心他何时转手，既然如此，他索性拿出攻击的姿态，不给她们侮辱他的机会。

还好，她没认出自己，何畏舒了口气。他还有更紧迫的事情要处理，他怀疑早上的牛奶被曹洵亦兑了迷魂汤，自己才会同意他把周小河带到这里，在他去门口迎宾之后，竟然还同意帮他照看。

小孩子就是一颗定时炸弹，一会儿要喝饮料，一会儿要吃零食，一会儿还要在地上打滚儿。曹洵亦也是一颗定时炸弹，他站在艺术宫的大门口，迎来送往，不断有人从他面前经过，而保护他的不过是一个连拉链都没有的头套，万一哪个预言家把头套扯下来——

何畏不敢再往下想，他叫了另一个吉祥物，带他去找曹洵亦换岗。这是展览，不是婚礼，没必要像新郎一样杵在外边，虽然何畏明白曹洵亦的心思，他是想躲在铠甲里面，看那些不曾正眼瞧他的人来此朝圣，对着他们虚伪而虔诚的脸暗自发笑。

人们将艺术家想象得太过清高，希望他们远离俗世，又超脱卑鄙。何畏当然不会同意，别说小人，就算英雄得志，快意恩仇也理所应当，换了是他，他也要亲眼看看这帮人的嘴脸。只不过，他会在门口装个摄像机，对着他们的脸拍，不但安全，将来还能回味。

何畏将曹洵亦拽出了人丛——他那件吉祥物服装的手臂上少一颗纽扣，是何畏特意做的标记——他一面敷衍旁人的招呼，一面紧紧攥住曹洵亦的手，他们经过每一幅画，经过展厅正中的《噪声》，经过不住拍照不住感叹的人群，他们上了二楼，楼道深邃，静寂无人，他才松了手，也松了口气，转而又气恼起来。

"大哥，你长点心行不行？这是什么地方，你就不怕他们闻着味儿发现你吗？"

看何畏明明很生气，却要努力压低声音的样子，曹洵亦忍不住笑了起来，笑声从头套里传出，恐怖又滑稽，他将头套推到额头的位置，露出自己的脸："他们哪能闻到味道，我身上只有汗臭，再说了，他们怎么知道我什么味道？你平时讲的道理都挺合逻辑，今天怎么开始胡说八道了，是不是慌了？"

"以前光脚自然不慌，穿了草鞋也不怎么慌，现在不光穿了皮鞋，还镶了钻石，能不慌吗？你一曝光就全完了。不跟你开玩笑，你别下去了，就在屋里带孩子，小河太能闹了，我好不容易才哄睡着，过会儿就醒了，我是策展人，带个孩子算怎么回事？"何畏推开办公室的门，周小河蜷在沙发上，身上盖着何畏的外套。

曹洵亦在屋里转了一圈："姓罗的给你租的办公室？"

"什么叫他给我租的？公司我也有股份。"

"是吗？我还以为你是他的马仔呢。"

何畏听他话里有刺："大哥，我又做错什么了？"

"你们为什么把《夜曲：再一次》放到角落里，我早跟你说了，要放到《噪声》背后。"

"《夜曲：再一次》太不像你的风格了，画得那么实，你说是别人代笔的我都信，把它放在一堆完全抽象的作品中间，还跟《噪声》摆一起，很荒唐你知道吗？别人会说我这个策展人不专业。"

"专业的策展人也会摆赝品吗？"

何畏没吭声。

"怎么不说话了？说吧，你找谁画的？"

"我画的。"

曹洵亦扑哧笑出了声："我就没见过你拿画笔。"

"别瞧不起人，我也是美院教出来的。"

"美院教你作假、做枪手？"

"你是第一天认识我吗？除了作假，我不会别的，怎么办吧？我知道你是大画家，你心高气傲，你做不得枪手，也不愿复制自己，那行啊，我下贱，我脸皮厚，我来行了吧？在学校的时候，你模仿我的风格帮我考试，现在我模仿你的风格，帮你把作品补齐，我他妈报恩！满意了吗？为了画这些东西，我天天去上课，认真听讲，认真画画，认真得跟个孙子一样，你还要我怎样呢？"

他越说越激动，越说越悲愤，曹洵亦却并无同情："算了，就当我画的吧，反正我画的也都跟狗屎一样，没区别。"

"奶奶！"一个月过去了，周小河还是只会说这两个字，他坐起身，眼睛在屋子里扫了一圈，看到曹洵亦，自然而然地伸出了双臂。

曹洵亦正要抱起他，忽然听到走廊上传来急促的脚步声。

罗宏瑞推开门的时候，看见何畏正在教训一只吉祥物。

"我跟你说了，要收敛一点，不需要那么活泼，还他妈跟人跳舞，你当这里是迪士尼呢？我们这要的是安静，你就杵那跟人合影就行了，整那么多花活儿给谁看呢？下去吧，再让我看见你瞎折腾，实习证明别想要了。"

那吉祥物点点头，转身出了办公室，罗宏瑞看他一步三晃的样子，笑了起来："我说你啊，展览就展览嘛，还整这些，也是辛苦年轻人了，捂这么严实，估计都起痱子了。"

"网上说曹洵亦的作品太严肃了，这不中和一下吗？"

"你侄子醒了啊。"罗宏瑞蹲下身，摸了摸周小河的下巴，从口袋里掏出一袋棉花糖，取了一颗塞进孩子嘴里。

"罗总，有什么事吗？"

"好事。陆昭来了，他说严自立再过一小时就到，你去跟汪海说，今天的研讨会取消，改到明天去。还有，电视台的人已经到了，你去招呼一下。"

"我去招呼合适吗？"

罗宏瑞觉得何畏是个妙人。他有野心，又自卑，学人谦虚，骨子里又排斥谦虚，就像穿了一件不合身的袍子，总是顾此失彼，不露上面，就露下面。这般人，若一事无成，也能装一辈子，不会被人识破，可他行了鸿运，终于撑破了袍子，又不改假谦虚的旧习，勃起的时候，总要用手遮么一下。

罗宏瑞看着何畏，将他想象成赤身裸体，又弓腰捂住私处的模样。"你心里怎么想的，就怎么做，你是基金会的总经理，有什么不合适的？往后还有更大的人物要你接触呢，一个电视台你就怕了？"

何畏一笑："怕倒不怕。但我得带着孩子。"

"带就带呗，电视台的人本来就嚣张，你跟他们客气，他们就会提一大堆要求。你带个孩子正好，说明你不在乎他们，反正严自立是冲我们来的，他们还敢撂挑子吗？"

"罗总高见。"何畏抱起周小河，"走，叔叔带你出去玩。"

罗宏瑞回到自己的办公室，陆昭还坐在他的椅子里。

"罗总，你的计划书我看完了。商业上，我是门外汉，但也看得出来，你这是大手笔，不过呢，咱们毕竟是朋友了，我还得先提醒你——你把曹洵亦想简单了。"

罗宏瑞坐到陆昭对面的小沙发里，沙发不高，显得罗宏瑞矮了陆昭半个头。

"陆教授提前过来，肯定是来帮我的啦。"

陆昭大笑起来，伸手从公文包里摸出两张A4纸："你看看这个。"

那是一篇打印的文章，连题目带全文，爬满了修改的标记，排头还有四个不怒自威的红色小楷：已阅，可发。

文章引经据典，说了沈从文与凤凰，凡·高与阿姆斯特丹，意思很明白：曹洵亦是废城的曹洵亦，是废城的文化名片，政府要把他推向全国，推向世界。

"这谁写的？"罗宏瑞心里已经有了答案。

陆昭将文章收回去，叠好，又放回包里："你别管谁写的，明天一早，《废城日报》，头版头条，你掂量掂量吧。"

罗宏瑞好半天说不出话，他不知道对方在暗示还是威胁。自己只顾包装曹洵亦，连他的名字都注册了商标，如此大的阵仗，究竟是启发了严自立，还是惹怒了严自立，他心里没底——怎么会有底呢？若不是陆昭提醒，他根本不会往这个方向想。

陆昭又从包里拿出三张银行卡，放进罗宏瑞的手里："分文没动，还给你。"

罗宏瑞面如土色，背脊发凉。那一瞬间，父亲的雷霆之怒、公司破产清算、家族从此败落，种种念头在他脑海里闪过。"这是他的意思？"

"对，他的意思。"陆昭脚下一蹬，将转椅滑到罗宏瑞面前，"罗总，严老看得比我们都远，废城不能永远是一个单纯的工业城市，他也不能永远只是废城的领导，你明白吗？"

是橄榄枝还是荆棘条，罗宏瑞决定伸手去摸一摸了："是要我们退出的意思吗？"

陆昭大笑起来："罗总，你想哪儿去了？市场经济嘛，文化产业嘛，还是要放手让你们去搞的，只是政府愿意跟你们合作，比如艺术宫的常设展品，你们拿出几件，还有这个文化旅游，也要搞一搞，拿曹洵亦做火车头，带一个艺术景区出来，废城在国际上有几个友好城市，你们去搞巡展，也要打废城的名头嘛。这些事，严老搭台，你们唱戏，明白了吗？"

罗宏瑞微微抖动的大腿终于平静下来，他握住陆昭的手，用力捏了捏："请严老放心，这些事我们一定配合，一定做好！"

送走陆昭，罗宏瑞又在办公室里坐了一会儿，他把严自立的逻辑想明白了。废城是老牌工业城市，支柱产业都是轻重工业，数据一年好过一年，但进步平缓，看起来并不亮眼，真想在全国脱颖而出，还得拿出新东西——比如曹洵亦这样的大画家，虽然带不来多少GDP，却有"文化输出"的属性，这正是国家当前最渴望也最难获得的东西。

他原以为将何畏收至麾下，空手套了白狼，已经算是长袖善舞，哪里料到，自己也还身处更大的棋盘之中。

罗宏瑞回到展厅，各大城市包括海外的拍卖行代表都来了，挨个儿与他寒暄，不需多聊，也知道他们想做什么。他从不轻易出牌，推说现在很忙，改天再约。正自左右逢源的时候，小冯跑过来，告诉他大会堂那边出了点情况。

"是汪海，他非要临时搞一个小规模的研讨会，占着场地不走。"

"何畏呢，这事不是他处理吗？"

"本来专家们都走了，他就招呼电视台去了，结果汪海又领了十几个人回来。"

"我去看看。"

到了大会堂，罗宏瑞迎面就看见一排老头儿，他们撅着屁股站在一幅画前，有人举了放大镜，有人戴了白手套，汪海站在他们背后，神情如同监工，另有一拨人坐在椅子上，或者交头接耳，或者沉默不语。

"汪老师，何畏没跟你说明白吗？你们怎么还占着地方？"

"罗总，不急，不是还有半小时吗？我们马上出结果。"

"我的人要进来布置场地，你们坐在这里会耽误他们。"

汪海拱手作揖，满脸堆笑："罗总，您帮个忙，宽限一会儿，五分钟，再给我们五分钟。欸，同志们，结果显而易见嘛，你们赶紧的吧。"

罗宏瑞耐着性子在旁边看了一会儿，算是看明白了，如果一定要用一个词形容汪海与这帮人的关系，那就是——绑架。他早听说了，汪海手里有两幅洛可可风格的油画，自称是曹洵亦学生时期的作品，他跟何畏求证过，曹洵亦傲气十足，从未画过这种古典流派的油画，即便是课堂作业，也是混了成绩后便立即销毁，哪会留到现在。汪海非要专家们下个"真迹"的结论，以曹洵亦只有抽象画传世的公众印象，还用指纹防伪的严谨态度，别说十分钟，就是三天三夜，这帮人也找不出证据。

"汪老，笔势的确相似，但笔势这个东西，模仿起来并不难啊。"

"对呀，曹洵亦现在名气大，他的作品网上也能找到清晰度很高的照片，学他的人肯定是有的。"

"您老多半被骗了，多少钱买的？要不，您忍着疼，卖我得了。"

"朱教授你这是乘人之危啊。"

"瞎说，我这叫帮汪老止损。"

闹剧演得差不多了，罗宏瑞拍拍手，走到汪海面前："汪老师，我看就不要深究这个东西了，没必要，您拿回去挂家里不挺好吗？"

"我这是真的，就是真的！"汪海整个人都要打摆子了，他忽然将旁边一个中年男人拽起来，"李老师，你说，你跟大家说，这画是我请曹洵亦画的，对不对？"

中年男人摇摇头："这我哪儿知道？"

"当时你在场啊，就在我们办公室，我跟曹洵亦还谈条件呢，我要他画三幅，他开价两万，我还了个五千两幅，他嫌少，你还给我帮腔了，说在校生这价钱很公道了。"

中年男人还是摇头："我不记得有这事。"

汪海涨红了耳根子，眼泪都要下来了："你这人怎么这样？不就是上回评职称我没推荐你吗，你至于现在给我使绊儿？！"

罗宏瑞上前拉住汪海的手，嘴巴贴在他耳边："汪老师，我尊敬你，才让你组织研讨会，你要是再这样耽误事，我只能换人了，明白吗？"也不等他回答，罗宏瑞转对其他人说道，"再过一会儿，严老就到了，各位找位子坐好，保持安静，配合一下，好吧？"

罗宏瑞让小冯扶着汪海出去，又叫旁人帮他把两幅画也搬出去，老头子不让外人动他的宝贝，非亲自将画夹在两边腋下，这让他看起来像一只扇贝。工作人员、各公司代表、不同领域的艺术家、媒体、网红、学生还有看客，全都逆着他们的方向往大会堂里进，其中还混进一只吉祥物，凭空高出一个头，格外显眼，罗宏瑞与汪海经过他身边时，似乎听见头套内传出了笑声。

隔得老远，曹洵亦就看见了汪海。他左边是《水边的阿佛洛狄忒》，右边是《高棉之月》，中间则是他那颗象征危险的酒糟鼻，曹洵亦看得仔细，琢磨着将这场景画下来，挂在家中自娱。

他被人潮往前推着，看到老匹夫终于成了孤单的逆流，心中大感快慰，刚笑出来，却又想哭。他知道，自己并非藏身于鬼怪的服装当中，而是被封装在棺材之内，由众人送往下葬的墓园。在那里，有他渴望的每一株鲜花，它们只在死亡降临的夜晚盛开。

人们填满了会场的座位，各说各话，吵吵嚷嚷，曹洵亦陪人合了几张影，便被工作人员拽到了台边。

"你就在这儿站着，给嘉宾引路，让他们注意台阶，明白吗？"

曹洵亦点点头。

"还有这个。"又有人搬过来一张条桌，桌上整整齐齐摆了十几个纸袋，"等嘉宾下来，你发纪念品给他们，一人一份，记住了没？"

曹洵亦又点点头。

他往纸袋里瞧了一眼——一幅《噪声》的复制品，一件印他头像的T恤衫，还有一个搪瓷杯，印了"曹洵亦文化基金会纪念"的字样。

主持人上台了，曹洵亦曾在电视上见过他，一副生产大队会计的模样，很适合这样的场合。

"让我们以最热烈的掌声欢迎严自立先生！"

一个瘦削的中年人被簇拥进了大会堂，何畏在他身后，偶尔冒头，露出热情洋溢的脸。曹洵亦不关心政治，若不是何畏常常念叨，他连严自立是谁都不知道。他相信绘画足够纯粹，又足够高雅，不会受到政治的影响，躲入象牙塔里，任谁都管不到他。

严自立站到了主席台中央，全场立刻安静下来。

"大家好，我是严自立。今天来到这里，我很高兴，高兴的是有这么多人喜欢曹洵亦，喜欢我们废城的曹洵亦，我刚才听展览的组织者说，你们当中不但有来自全国各地的同胞，还有从欧洲、从北美慕名而来的外国朋友，我在此代表废城人民感谢你们，感谢你们对废城画家的热情。

"我时时提醒自己，我所在的是一座历史悠久、人杰地灵的城市。数百年来，从这里走出了无数的精英，他们遍布政治、商业、艺术、科技等各个领域，无不在各自的岗位上做出了卓越的贡献。我既以此为荣，同时也倍感压力。

"今年3月，我曾与艺术界的代表闲谈，问他们对废城的印象。大家都说那是个工业城市，偶尔有几个人说它是个旅游城市。我又问他们是否愿意到废城定居，他们就笑而不答。我知道，比起京沪苏杭，废城一向有文化沙漠的称号，文化领域的大事从来都和废城无关，外国人就算知道废城，也只说它是个来料加工基地、工业原料生产基地，仅此而已。

"但我们就甘心于此吗？在这个越发看重文化软实力的时代，废城不能也不该落于人后。我们有美术学院和音乐学院，有正在兴建的文化产业园，有刚刚合并完成的废城文化投资集团，还有已经举办两届的废城戏剧节，产品很多，也有响动，影响力却始终局限于周边，到了全国，就很少有人知道了，为什么？因为群龙无首。

"搞文化跟搞工业不一样，工业可以拿来主义，可以追求比较优势，可以买，可以搬，文化不行。文化依赖的不是谁投的钱多，谁批的地大，而是依赖人才，以及天才。人才，我们是不缺的，天才呢？没有，直到曹洵亦出现。

"曹洵亦是我很喜欢的画家，每当我凝视他作品的时候，总让我想起伟大的荷兰画家蒙德里安[1]，构图稳定，色彩克制，也都自然而然地透出自信、笃定和稳重，而自信、笃定和稳重，正是废城美德的题中之义。"

曹洵亦心里咯噔一下，他从来不喜欢蒙德里安，在他看来，那只是一个刻板保守的油漆工，而他的作品狂热并且奔放，抽象之外，更重要的是表现，只要长了眼睛，都不会觉得它们跟风格派有什么关联。

但场下已经在鼓掌了。那些本应对美术流派了如指掌的专家，那些光是听到蒙德里安这个名字就可以高潮的文艺青年，那些自信、笃定并且稳重的废城市民，他们用力拍打双手，仿佛看见严自立换上了华美的新衣。

演讲又持续了五分钟，有一些排比，有一些比喻，还有一些宣言——要在废城人民艺术宫设置永久的曹洵亦作品展厅，要在废城美术学院创办曹洵亦艺术中心，培养一个艺术家群落，要在友好城市举办曹洵亦的巡展，要推荐曹洵亦成为中国对外宣传的文化代表。

严自立在掌声中走下主席台，曹洵亦往前走了几步，却被严自立的秘书拦住，后者接过他手上的纪念品，说了声谢谢，就把他推开了。罗宏瑞迎上来，走到严自立身边，两人相谈甚欢，渐渐远去，声音走低，留下曹洵亦站在原地。

"滋……滋……滋……"曹洵亦听见音响里电流通过的声

1　19—20世纪荷兰画家，风格派运动幕后艺术家和非具象绘画的创始者之一，对后世的建筑、设计等影响很大。

音，主持人又开口了，曹洵亦没有听清他说什么，因为他看见一个熟悉的身影。

那是苏青。她穿了一件白色修身晚礼服，脖子上的吊坠偶尔会反射斜照的阳光，她站在贾诚身旁，挽着后者的手臂，脸上骄傲与羞涩混杂，当主持人说出贾诚名字的时候，她在贾诚的后腰轻轻一推，便跟着观众鼓起掌来。

那种表情，活着的时候，曹洵亦从未得见。

曹洵亦看着贾诚从自己身边经过，没有挥拳教训这个抄袭者，没有提醒他注意台阶，甚至没有想起，瞒着自己找他来做嘉宾的何畏有多么可恶。

"贾诚！贾诚！"

"贾诚，我爱你！"

"贾导，你好帅！"

他要过去，要跨过这五六米的距离，踹开篡位之人，摘下自己的面具，向所有人告白他的姓名——

工作人员拦住了他，指着台下的摄影师——后者正皱着眉头挥手："往后退，往后退，别抢镜头好吧？！"

曹洵亦从愤怒和冲动中清醒过来，没再往前，他甩开他们的手，自顾自地出了大会堂。堂外阳光猛烈，隔着头套和连体衣，他却感受不到一丝温热，只觉全身如死去的魂灵一样冰冷。

他们才是主角，而我只是一个吉祥物而已。

得去找何畏要个说法，最好一拳砸断他的鼻梁。他回到展厅，不搭理旁人合影的请求，透过狭小的视野，只顾寻找何畏，甚至没有发现观众中还有一个熟悉的身影。

周大凤的眼神不好，若是隔得远了，她其实看不清来人的脸，但有一张脸她绝不会认错——周小亮，或者说曹洵亦的脸，哪怕戴了口罩，包得严严实实，她也能从体态和身材上分辨出来。龙镇跟她讲得很清楚，以曹洵亦的追求和性格，如果他真的还活着，这种场合他一定会来。

第一次视频通话的时候，周大凤就认出来了，这个用周小亮的手机跟自己说话的年轻人并不是周小亮，而是那个被丢在福利院的儿子。

周小亮生性懒惰，文化不高，又爱跟些不三不四的人来往，周大凤对他没什么指望，他出门大半年，周大凤并不挂念，只是家里还有个周小河嗷嗷待哺，不得不隔三岔五找他要钱，偏偏周小亮音讯全无，摆明是既不顾老的，也不顾小的。周大凤心中的怨恨一日胜过一日。她又时常挨陈兴国的打骂，索性就当儿子死在了外头，省得烦心。可事无三日宁，失踪这么久的儿子忽然又冒出来，还是另一个儿子伪装的，周大凤挠破了头，也没想明白究竟怎么回事。

她没有拆穿，也不打算报警，一来自己当初抛弃了他，心中有愧；二来他"在照相馆做学徒"，打回来的钱不少，远比周小亮有出息，他愿意管自己叫妈，何乐不为？而当她看到"画家曹洵亦上吊自杀"的新闻，猜出七八分后，索性就顺其自然了。内中究竟发生了什么，以至于两个儿子互换了身份，周大凤不好多问。算命的说"母凭子贵"，她本后悔自己丢错了儿子，以至于改了命数，没想到天数高明，竟然用这种方式回报她，实在叫人欢喜。

她渐渐知道了什么是画家，也知道了"曹洵亦"三个字的分量。网上真假难辨，说得也都玄乎，至少有一点她可以肯定——

曹洄亦挣的钱是个天文数字。她觉得自己并不贪心，不求曹洄亦分她百八十万，只希望他能不计前嫌，将她捞出穷乡僻壤，脱了陈兴国的掌握，到城里享享清福。

周小河被陈兴国卖掉那天，她以为机会来了。曹洄亦站到她面前，顶着周小亮的名字，她看得出来，这个不曾谋面的儿子是个好人，他不会丢下亲生母亲不管。她一面等他去接周小河回来，一面收拾了行李：一个布包装几件衣服、一双鞋，仅此而已。她想好了，到了城里，就给曹洄亦当牛做马，带孩子、做家务，里里外外收拾得干干净净，这么多年欠他的，一并还他。

可是，曹洄亦拒绝了，没有看她的眼睛，也没有接住她伸出的手。他抱起周小河，跨门而出，一次也没有回头。

周大凤终于明白了，他不但不会拯救她，还会夺走唯一可以慰藉她的孩子；他不但没打算以德报怨，还要用空欢喜来折磨她一场。

在周大凤看来，曹洄亦的画就跟家里受了潮、墙面浮起的印子差不多。她在展厅里转了三圈，没发现曹洄亦，便有些慌了，龙镇越是说得信心十足，越是经不起她的怀疑。胆大就得心细，曹洄亦现在是名人了，哪敢大摇大摆跑出来？而且，龙镇刚才被阻在大门之外，保安说展览谁都可以进，唯独龙镇不能进，没他领头，自己一个农妇，就算逮着曹洄亦，又能怎样，难道当众拆穿他吗？拆穿了，便是两个儿子都没了，又有什么好处，拿什么养老？

"奶奶！"

不知哪里忽然传来一声喊，周大凤心口一颤，四下看了一圈，看见有老人带孩子看展，摇了摇头，他不会来的，还是龙镇太天真了。

看到怀中的周小河探出身子，张开双手，喊了一声"奶奶"，何畏的心脏几乎要从胸腔里跳出来，他撇下电视台的人，夺路而逃，噔噔噔上了二楼，见无人追赶，这才放了心，喘两口气，盯着周小河的眼睛问道："你看见你奶奶了？"

周小河重复道："奶奶！"

小孩不会说谎，一定是来了，她为什么来？是因为看穿曹洵亦的身份了？还是单纯出于好奇？还好，她没有看到周小河，若是看到周小河，也就证明了周小亮就是曹洵亦，就算她没这么聪明，一时间想不过这一层关系，在展厅里跟周小河相认，被电视台拍到，也够他喝一壶的。

何畏长舒了一口气，暗叹自己福大命大，抱着周小河回了办公室，心想曹洵亦玩也玩够了，再待下去徒增风险，不如早点回家，便叫了一辆出租车，拿起毯子将周小河遮了大半，下楼去找曹洵亦。

他不敢再往展厅去，而是从后门绕到了小广场，穿小道去了大会堂，果然在大会堂门前找到了曹洵亦。

"你知道我刚才碰到谁了吗？你妈！我的天，要是被她看到小河还得了？不能再待了，你赶紧回家，凡·高也没看过自己的展览呀，大哥，你已经比凡·高更牛了，还不满足？车来了，上车，钥匙给你。"

将曹洵亦和周小河攥上车，何畏顿时觉得少了千斤重负，电视台刚开始拍摄，他还得去招呼，听罗宏瑞说，晚上要和严自立一行吃饭，这是千载难逢的机会，自己可算是踩入上流社会了。他小跳着上了台阶，嘴里哼起小曲，惹得不远处一个抱吉他的姑娘侧目，何畏与她对视一眼，见她身材瘦削，胸前平坦，立刻就没了兴趣。

欧阳池墨在这坐了半小时，将曲子弹了三遍。

她见识过很多男人，貌比潘安的，油嘴滑舌的，假装深情爱写诗的，脱了裤子硬不了多久的，可她偏偏惦记那个诗意的夜晚，偏偏只对他动情。她不是要拒绝，是想矜持一些；她不是要逃避，是想把吻留到将来。

她怎么也没想到，他竟会给她留下这样大的谜团。

欧阳池墨从小到大都被嘲笑。她有阅读障碍，写字吃力，读书也结结巴巴，老师总叫她朗读课文，以供全班娱乐。上到高中，学习差不会被嘲笑，身体不发育却会被嘲笑，男同学追着她问比A更靠前的字母是什么。她在快餐店打工，业余写歌，室友笑她不自量力，又弄坏了她的吉他。好不容易攒够钱，她搬出去一个人住，白天继续打工，晚上去酒吧驻唱，听者寥寥，喝醉的男人要塞钱给她，让她挤个乳沟出来，她落荒而逃。

她开始装出凶狠的样子，说话带脏字，打唇钉、抽烟、文身，包里还藏了一根甩棍，不再逆来顺受，也不与人为善。几年下来，脾气渐长，事业毫无进展。有人说她天赋有限，不该在这一行里蹉跎岁月。有人说她抱着金碗要饭，不趁年轻多睡几个大老板，谁肯捧你？有人说她自命清高，不去参加选秀，只知道在酒吧里枯坐，等着馅饼从天而降。

这些都不是事实。欧阳池墨自知除了唱歌，别的事情她更做不来，非要定义的话，只能算命中注定，谈不上蹉跎。她也抱过破罐破摔的心思，去见了有名的制作人，听他谈音乐，谈美学，谈历史，谈影像，直到谈起她的身体，她终于吐了出来。她当然参加过选秀，取了唇钉，遮了文身，一首歌没唱完就被评委叫停，说她上不摸天，下不着地，此生无望。

浑浑噩噩又消磨了一年有余，直到碰上骗子，终于逼她下了离开的决心，或者找个人结婚，或者南下打工，到底哪条路，她还没有选好。临行前，她听说曹洵亦的个展开幕，想起那个来不及兑现的吻。如今一个死了，一个废了，感慨良多，觉得自己无论如何也该来看看。

欧阳池墨排了半天队才被放入，她随人走马观花，每幅画前都停留十来分钟，除了证明自己文化程度不高，不会欣赏高雅艺术之外，也没有别的收获。

绕了半圈，她走到一幅画前。这幅画悬挂在转角的地方，并不起眼，似乎是被发配到此，她朝画上望了一眼，相隔一米有余，却要坠入画中——那是一片星空，星空下有一个抱着吉他唱歌的姑娘。画面通俗，旨趣直白，与整个展览格格不入，就像被人偷塞进来的代笔。

欧阳池墨将吉他横到胸前，扫动琴弦，绑在琴头的红布随之摇动，与画中琴头上的红色一笔遥相呼应。她知道，曹洵亦画的就是自己。

旋律从她指尖流出，她轻声唱了起来。

> 嘿，有两个地方我还不曾抵达。
> 一个是月球背后，
> 一个是你心灵的最深处啊。

很多人围了过来，有人微笑，有人翻个白眼，保安试图上前动粗，被电视台的人拦下，摄像师扛着机器走得近了些，将琴头的红绳与画中的红色一起摄入镜头之中。

"是她欸。"

"画里的人是她。"

"她谁啊？"

"是曹洵亦的女朋友吗？"

"肯定是很特别的人吧。"

歌声还在继续：

> 流言，呐喊，还有荒唐，
> 每个人都在我的身边喧哗，
> 渴望，未来，还有梦啊，
> 从你的尸体上长出新的枝丫。

欧阳池墨的眼泪流了下来。她要回到那个夜晚，要让世界安静，要让群星熄灭，要偏过自己的头，迎上他热烈的吻。

> 如果我不再沉默，
> 你是否愿意放下潇洒，
> 再向着我的方向。
> 嘿，有两件事情我还要实现啊，
> 一件是时光倒流，
> 一件是回到我们相遇的地方。
> 那时候你的心还滚烫，
> 我还可以贴在你的胸膛，

听着你的心跳，

抚慰你陈旧的伤……

她唱不下去了。她低下头，任凭泪水落在地板上，一滴、一滴，又一滴。她知道自己的躯壳来自后天磨砺，越是在目光之下，越是需要负隅顽抗。她没有哭出声音，也没有接受旁人递来的纸巾。她抬起头，挤出一个笑容，避开伸来的话筒，朝着出口的方向，大步往前，扬长而去。

听众还在回味，没有鼓掌。记者想追上去，跑了两步，看对方没有停留的意思，还是选择了放弃。保安也没有阻拦，他们巴不得闹剧早些收场。

就连曹洵亦也没有挪动脚步，他躲在人群之后，躲在鬼怪的皮囊之下，早已泣不成声。

"请大家保持看展秩序，谢谢各位了。"罗宏瑞过来了，他示意小冯把电视台的人带到别处去，扫视一圈，然后悄声问身边的年轻人，"是刚才那女的吗？"

"不是。"回答的人眼睛红肿，嘴角也有血迹，显然是刚刚挨了打，"是两个男的，岁数不小。"

罗宏瑞尽量不往最坏的结果去想，但也不敢掉以轻心。这个年轻人是七个吉祥物之一，他在馆外散发传单的时候遭到袭击，袭击者不但将他关进了公共厕所，还抢了他的吉祥物服装——显然是为了混入展览现场。罗宏瑞的第一反应是龙镇，但这样一个有头有脸的人物，怎么会做出这种事来，目的又是什么？他想不明白，还能有谁？他又想到龙镇美术馆遭到破坏的事情。曹洵亦的确有一帮最狂热、最古怪的粉丝，或许他们不但憎恨龙镇，还憎恨将曹洵亦商业化的行为。如果是他们的话，罗宏瑞收起笑容，看向展区内来回走动的人群——他不知道会发生什么，但政府的人在这里，电视台也在这里，哪怕一丁点风吹草动，都可能让自己前功尽弃。

"去把吉祥物全部找来，多带保安，不要惊动观众。"

罗宏瑞在后院等了半小时，跟老爷子通了个电话。他上周刚把集团的叔叔伯伯们打发到空壳子公司去了，这帮人夅不了又跟老爷子告状，他还得解释一番，品牌老化的根源是人力老化，他们也该给年轻人让位了，级别会保留的，退休工资也会照发的，老爷子摸清状况之后，也就没为难他，毕竟已经承诺放手，就不能反悔。

挂了电话，那帮人也过来了，除了挨打的人，又来了四个吉祥物，连带七八个保安，在罗宏瑞周围站了一圈。

"还有两个呢？"

"没找到。"

罗宏瑞心底一沉："把头套摘了。"

四个人都摘了，没有惊喜。

挨打的人说有两个袭击者，吉祥物又少了两个，说明那两个人抢了两套服装，然后混了进来，但为什么跑来报告的却只有一个人，还有一个人跑哪儿去了？

"工作暂停，你们先在这休息。"罗宏瑞又转对保安说道，"你们马上回去找剩下的那两个，一定要给我找到！还有，龙镇你们都认识吧？要是看到他，立即赶走。"

交代完毕，罗宏瑞回了二楼，经过何畏的办公室，忽然想起何畏那里有扮演吉祥物的学生名单，可以联系到那个失踪者，便推门走了进去，室内光线暗淡，别无异常，唯独沙发上坐了一个人——鬼怪头套，鬼怪衣服。

对方看见罗宏瑞进来，猛地起身，罗宏瑞意识到这人反常，立刻将门反锁。

"胆子不小，还敢躲到办公室来，说吧，你们混进来想干什么？"

对方没说话，只是转头看了看窗户。

"想跳？我跟你说，你别被电影给骗了，普通人从二楼跳下去，腿骨一定会断成两截，把你的小腿都刺穿。"

对方没动了，但还是不说话。

"你打伤我的人，又擅闯办公室，这罪名也够了。"罗宏瑞摸出电话，"我还是叫警察来吧，他们有办法让你开口。"

对方往前走了几步："别报警。"

"噢，会说话嘛。我可以不报警，你得把这身衣服还给我。"

"不行。"

罗宏瑞恼了："妈的，敬酒不吃吃罚酒，我叫保安了。"

"你如果看到我的样子，你会后悔的。"

"后什么悔，你是美杜莎吗？"

"差不多。"

"装神弄鬼。"罗宏瑞失去耐心了，他拿出了对讲机，"带几个人上来，何总办公室，马上。"

楼梯间响起了脚步声，不知道多少双皮鞋，听起来极具压迫感。

对方又往前走了几步，罗宏瑞忽然有些担心——万一他身上有刀怎么办？但他并没有做出任何攻击性的动作，而是将手伸到头套顶端，抓紧凸起的部分，使劲一提，摘下了头套。

鬼怪现了原形，罗宏瑞眨眨眼睛，以为自己看错了，恍然间，他觉得世界如此不真实，又或者，自己深信的唯物论已然土崩瓦解，周围的空气正在转冷，阴森至极——因为他看见，曹洵亦就站在自己面前。

汽车驶进了别墅区，门口的保安敬了一个礼，怀里的孩子睡得很踏实，他躲在这层厚厚的皮囊里面，通体燥热，几欲昏厥，也不敢将头套摘下来。

龙镇一开始并不相信周大凤的故事，他觉得那实在扯淡，怎么会有胆子这么大的人？但当他厘清来龙去脉之后，发现周大凤的确掌握了缺失的拼图，足以解释何畏的信心和逻辑，如何骗过警察、医院、民政局、殡仪馆、火葬场，以及媒体，除了双胞胎，还能有别的解释吗？

龙镇制订了一个很简单的计划：带周大凤进展览，让她从人堆里拎出曹洵亦，他再发表一通演讲，戳穿骗局，比起何畏在美术馆羞辱他的场景，也算以其人之道还治其人之身了。

说起来容易，第一步就难住了他，龙镇的照片就贴在保安的岗亭里边，他们放人进去也都盯着脸看，逮住龙镇的时候，脸上还有"果然不出所料"的表情。争执是难免的，争不过也是难免的，展览是人家办的，人家点名不要你进去，你又能怎么办呢？

正要打道回府，龙镇却遇上了陈兴国。他自称跟踪周大凤到此，想弄明白龙镇到底要干吗，不为满足好奇心，只是不想错过发财的机会。

"我媳妇跑这种地方干什么？肯定是你的主意，欸，你实话跟我说，是不是跟我儿子有关系，你葫芦里到底卖的啥药？"

龙镇不想再自降身份，他沉默地往前走，任由陈兴国苍蝇一样跟着自己，心里盘算着将来的事业，或许可以把美术馆盘出去，还掉部分债务，趁债主放松警惕，再跑去日本，那边有一些圈里的朋友，受国内舆论的影响也小，说不定还有东山再起的机会，可国内的名声和交际——唉。

　　"龙大师，你们到底来做啥？你说说嘛，指不定，我能帮上忙？

　　"龙大师，你不是要找我儿子吗？我听说，他在给人照相呢。

　　"龙大师，你说句话嘛。"

　　陈兴国着龙镇的衣袖，扯得他心烦，正要破口大骂，却见文化宫后门巷子口站着一个年轻人，吉祥物的衣服穿在身上，头套抱在胸口，嘴里还叼着一截香烟，烟雾缭绕，惬意得很。

　　他忽然有了主意。

　　"看到那个人没有，你跟我去把他的衣服抢了，我就告诉你我们是来干啥的，得了好处，给你也分一点。"

　　"一点是多少？"

　　"一万。"

　　"一万不够，扒人衣服是犯法的事。"

　　"五万，行了吧？"

　　陈兴国咂嘴："七万。"

　　"还真是两口子，七万就七万。"

　　汽车停在了别墅前，龙镇抱着孩子下了车，他将钥匙捅进锁孔，刚好瞥到手臂内侧——陈兴国下手太重，将袖子上的扣子都扯掉了。

他先向左拧，拧不动，又向右拧，一圈、两圈、三圈，咔嗒一声，门开了。

家里没人，龙镇将孩子放到沙发上，扯过一件衣服给他盖上，这才摘下头套，长长地舒了一口气。

他在房子里转了转，没发觉什么异常，直到走入地下室，看到满屋子画材，角落里的废稿，以及墙上那幅曹洵亦的自画像，电光石火，心门大开，积压的屈辱和愤怒渐渐散去，他终于有了一个真正的计划。

第十四章

不再有梦

　　酒过数巡，陆昭红光满面，严自立面前的酒杯还没见底，何畏坐在冲门的位置，时不时指挥服务员落菜，他虽是头一回入局，只顾左右递笑，不敢多话，却也看得出来——罗宏瑞有些心不在焉。

　　这个弥勒佛一样的男人，从未被任何事难倒。但今天如此重要的饭局，罗宏瑞不但迟到，而且笑容僵硬，偶尔与何畏视线相交，眼神中还透出寒意。

　　"在咱们国家，但凡舶来的文体项目，不管是油画、电影，还是国际象棋，都经历过这样一个阶段，想说不敢说，说了没人听。"严自立开口了，其他人都安静下来，连筷子都放下了，"为什么？因为这些东西是外国人搞的，我们想搞，想占一席之地，想取得话语权，就得凭硬实力，你做得比人家好了，人家自然肯听你的，你做不出来，吼得再大声也没用。以前有人说，我们可以不弄这些嘛，我们搞自己的，国画啊，戏曲啊，中国象棋啊，不也挺好的嘛。是，这几样搞起来，没人搞得过咱们。可是，现在是西方文化强势的时代，赛场是人家建设的，裁判是人家培养的，观众也都在他那儿，你另起一套，不是自娱自乐吗？所以说，师夷长技以制夷，现在也是成立的，能把舶来品做出中国特色，做出世界水准，这样的人才，咱们是很需要的。"

"比如曹洵亦。"陆昭接口道。

"对，曹洵亦。"

"来，咱们为曹洵亦再喝一个。"

众人举杯，严自立又只抿了浅浅一层。

何畏盯着罗宏瑞，看他虽喝了酒，脸上却没有表情，酒从他嘴角溢出，流过下巴，隔了好一会儿，他才用纸巾擦去。他实在忍不住心底的困惑，挨到罗宏瑞起身去洗手间，也跟了出去。

他们在洗手间相遇，洗了手，又关了水龙头，何畏还没开口，就被对方拽住了衣领。

"姓何的，你吃什么长大的，怎么会有这么大的胆子？！你是嫌坑太大，埋的人不够多是不是？非要我给你们陪葬？"

何畏试着挣扎了一下，没挣脱："出什么事了？我没懂你意思啊。"

"别跟我装傻！我都看见了！"

"你看见什么了？"

"我看见他了！他还活着！"

"罗总，你先松开……我慢慢跟你说，行吗？我快、快喘不上气了。"

罗宏瑞松开了手，气势却没有减弱："我给你一泡屎的时间。"

"罗总，我先问问你，除了你，还有谁知道？"

"只有我。"

"既然只有你知道，那就好办了，你看，在这次展览以前，"

我们出过岔子吗，有任何人怀疑过吗？其实我早当你是自己人了，迟早会跟你交底。"

"谁跟你是自己人？"罗宏瑞将马桶隔间的门挨个儿踢开，确保无人之后，终于说出了曹洵亦的名字，"说吧，你们怎么让警察参与进来的，他们为什么说曹洵亦死了？"

"曹洵亦有一个双胞胎弟弟。"

罗宏瑞怒极反笑："这么简单？！"

"越简单，越不会露出破绽，对吧？"

"所以是真的有一具跟他一模一样的尸体？"

"是的。"

罗宏瑞的脸色起了变化，何畏抢先回答了他没问出口的问题——"我们没杀人，也没逼他，他自愿的，他得了癌症。"

从周小亮的家庭环境，到自己带曹洵亦上节目，从周小亮自杀，到怎样利用周小亮的尸体，再到他们如何报废龙镇的《噪声》，毫无保留地，何畏吐了个干净。

"他只是想看一眼自己的展览，他也不贪心，钱够了，展览结束了，他就会出国，去一个谁也不认识他的地方，再也不回来。"

"他现在是文化名片，能躲到哪儿去？"

"总会有办法的。"

罗宏瑞对着镜子收拾了衣服和头发，长舒一口气，出了洗手间，往包间的方向走。

"他是个很老实的人，你就放心吧。"

罗宏瑞鼻子里哼气："都跟你搅到一起了，能老实到哪儿去？就算他老实，也不是个谨慎的人，要不是我把他送回家，他指不定还要晃到什么时候。"

何畏的步伐乱了几步："你送他回去的，回哪儿？"

"还能回哪儿，别墅啊，不把他关好了，我能安心跑来吃饭？你胆子真的不小，就不能住到乡下去吗？"

拍了几十张照片之后，龙镇的心往下一沉，还是觉得有些不妥当——他没有切实的证据。

屋里的陈设，画室的画材、草稿，配上周大凤与何畏各自对他说过的话，龙镇的确可以推测出曹洵亦还活着，并在继续炮制油画的事实。但是，没有录音，也没有见到曹洵亦本人，恐怕难以服众。

画室里有手机，但设置了密码，就算没有密码，龙镇估计他也不会留下痕迹。曹洵亦或许是性情中人，何畏也只有市侩嘴脸，罗宏瑞却不简单，他弄出这么大的动静，连严自立都敢拉下水，必然步步为营，不会出任何纰漏。

龙镇在画室里来回走动，他担心随时有人回来，又不甘心空手而回。他拿出自己的手机，琢磨着该向谁求援，值得信任的人已经不多，愿意帮他的人更少。让人送监控器材过来？路上就要一小时。报警？如果打草惊蛇，曹洵亦远走高飞，警察一时半会儿找不到正主，也白费功夫。更何况，警察验过尸、发过通报，这会儿说曹洵亦还活着，不是打他们的脸吗？

而且现在还不知道这事到底牵涉多少人。假如从头到尾只有曹洵亦和何畏，龙镇绝不会瞻前顾后。关键在于罗宏瑞，宁信其有，不信其无，他没法把这个人排除在外。如果罗宏瑞也只是冤大头，倒还好说，就怕他是始作俑者，若是那样的话，拍卖行、学术界、媒体，乃至严自立，究竟是什么身份，都值得怀疑。

自己不过是一个过气的评论家，哪里是这些人的对手。上一次他以全盛之势面对舆论，都兵败如山倒；如今虎落平阳，再去挑战众口铄金，只能是自寻死路。

龙镇朝地下室入口的门楣瞧了半晌，试图把手机搁在那个位置——太显眼了，而且不知道曹洵亦什么时候出现，到时手机可能都没电了。

再不然，打电话给新鸟网，他们也是受害者，现在把情况透露给他们，凭他们的暗访经验，逮个现形只是迟早的事情。

龙镇点开文化频道主编胡涛的头像，吭哧吭哧敲了一篇小作文，按下"发送"——发送失败，对方将他拉黑了。

他蒙了一会儿，试图找到胡涛的电话，可是这年头还有几个人留电话？

别墅门忽然开了，龙镇只觉膝盖一软，几乎就要昏倒，他赶忙扶住墙壁，镇定精神，扫视一圈，也无暇多想，钻进了靠墙的书柜。

脚步声越来越近，龙镇屏住呼吸，仔细听着，起先是拖鞋在地板上摩擦的声音，然后什么东西撞到了墙上，连着两下，接着便只有赤脚踩在地上的声音了。

安静了没几分钟，那人拖了一把椅子，横过整个房间，发出巨大的噪声，到了合适的位置，好像是坐了上去，哼起了不着调的曲子。

龙镇猜测这个人就是曹洵亦，但他不敢推开柜门，一个缝隙都不敢，他蜷缩着身体，小心翼翼地调整姿势，半边屁股已经麻了。

"你们好，我是曹洵亦。"突如其来的开场白吓了龙镇一跳。

"我知道你们现在很困惑，也可能很愤怒，有的人还会发笑，觉得我是骗子，在这里假扮英年早逝的画家。是的，没有错，我确实在假扮他，但不是你们所想的那样，我是曹洵亦本人，我从来没有自杀，我还活着。"

龙镇按捺不住内心的狂喜，他哪里想到，曹洵亦竟然会在这时候自曝。他将柜门推开一指的缝隙，把手机伸出去，恰好拍到曹洵亦的侧影。

"这是一场闹剧，闹剧里的每一个角色，包括你们，都入戏太深，远超我的预期。我现在是什么心情？嗯，我给你们读一首诗吧，稍等一下。"

曹洵亦起身，往书柜这边走过来了。

他看到了吗？看到了吧？他会不会打开柜子，把自己拖出去？龙镇年过五旬，对方是一个心狠手辣的年轻人，说不定，他们已经杀了一个人以提供尸体，若是自己被他发现，肯定会被杀人灭口。没有人知道自己在这里，甚至没有人知道自己去了曹洵亦的展览——除了一个并不牢靠的农民。如果他们敲破自己的脑袋，把尸体藏进冰柜，永远不会有人发觉。

曹洵亦又拿下那本诗集，作者叫莱特昂·布兰尖[1]。曹洵亦打算读一首，以表达自己的情绪，却忽然听到手机铃声——从柜子里传出来的，还没反应过来，又听见里面有窸窸窣窣的声音，他意识到藏了人，连忙抓起一个石膏像："出来！出来！"

里面没有反应。

曹洵亦踢了柜门一脚："再不出来，我就把柜子锁死！"

1　法国诗人，双目失明，传有诗集《来自波希米亚》。

"别，我出来，马上出来！"

柜门吱呀一声开了，一个老头儿缩在里面。

曹洵亦往后退了一步，看着老头儿钻出来，挺直身体，这才看清他的长相。

"龙镇？"

龙镇没有点头，也没有摇头，只是绷紧身体，做出防御的姿势。

"你怎么会在我家？怎么会躲在柜子里？"

龙镇还是没说话，房间里安静了一会儿。曹洵亦忽然想起，自己应该是一个死人，不能被人看见，更不能被仇人看见。他握紧手里的石膏像，掂量自己和对方的实力。

"我什么都没看见，什么也没听见。"

"你觉得我会信吗？"

龙镇往门口蹭了几步："你现在放我走，就当没看见我，行不行？"

曹洵亦挡在他身前："不行。"

龙镇举起手机，播放自己刚刚拍摄的画面："你别乱来！你要是不放我走，我马上就公布这段视频！"

曹洵亦笑了出来："你录了什么自己不看吗？你怎么能用我要做的事情来威胁我呢？"

"那你想怎么样？！关我一辈子？杀了我？我马上报警！警察一来，你们全得完蛋！我现在就打110！"

"我们可以合作。"

"什么意思？"

"我要告诉全世界，我还活着。"

"我没明白。你折腾这么大一圈，弄出这么大的阵仗，这个时候自曝，不是前功尽弃吗？"

曹洵亦低眉一笑："对他们来说是前功尽弃，对我，这幅画才刚刚下笔。"

"什么画？"

"群像画，贪婪的人、狡诈的人、狂妄的人，还有无知的人。"

"你们都这么想？还是说，就你一个人这么打算？"

"龙先生，世上哪有集体创作的艺术？"

"你一开始就这么打算？"

曹洵亦抚摩着画布，上面只有粗糙的线稿，看不出画了什么。"我没有那么伟大，也没有那么高的天赋，跟高更、毕加索比起来，我只能算油漆工。我什么都不是，你明白吗？我没有出名，作品不被认可，穷困潦倒。我曾经以为是上天不公，不是的，这不叫上天不公，这叫自然规律。在艺术的进化链条里，我是只会带来癌变的冗余基因，我本来就该被淘汰！"

曹洵亦的声音越来越大，好像他不只说给龙镇，还要说给所有人，他抬起手，揉了揉眼睛，继续说道："我想证明自己，想被人欣赏，但当我从头再来，我发现我只是一个凡人。我所做的，一部分是邯郸学步，一部分是一错再错。但是，这样的我却成了偶像，被食腐动物供奉，是不是很荒谬？如果我就这么死了，我哪有脸去艺术殿堂面对各位前辈？我没有资格进去，我就算跪在门口，也要把头伏低，低到尘埃里去。"

"你要玩一票大的。"

"是的！"曹洵亦将画布丢进垃圾桶，"我要把画里的人都拖到地狱里去。"

龙镇翻个白眼："你还是没有解释，我为什么要跟你合作？我恨不得你马上身败名裂，十倍、百倍地报复你，凭什么要陪你玩行为艺术？"

"你自己也说了，你要十倍百倍地报复我，你就不想等我到了更高的地方，再把我踢下来吗？"

"那是什么时候？"

"三天后，他们拍卖《噪声》，就在落槌的那一刻。"

拍卖行、信托公司、银行，全都搞定了，只要《噪声》落槌，资金就会涌进基金会的账户，但这并不是他们最关心的事情。

"你为什么不早告诉我？！还要等到散场？！你脑子里装的到底是什么？！"罗宏瑞已经尽量压低声音了，语气里的鄙视和愤怒还是让何畏涨红了脸。

"我有预案，如果有情况，他会跟我说，我打过电话了，家里只有他和孩子，那就说明没事……"

"你他妈的，这叫没事？你放了一个来历不明的人去你们藏身的地方，而且很可能是龙镇，你觉得他会干什么？会在沙发上干坐着吗？他不会藏起来吗？是你傻还是他傻？"

严自立他们出来了，罗宏瑞换了一副表情迎上去，一通吹捧之后，将严自立送上汽车，陆昭落在最后与他握了手。

汽车远去，留下一阵凉风，吹得罗宏瑞彻骨生寒。他待了好一会儿，直到何畏叫了他的名字，才回过神来。

"快，赶紧，开我的车去，现在就去。"罗宏瑞拽着何畏，朝停车场狂奔，"我们得把曹洵亦转移走，马上！"

两个人上了车，罗宏瑞一脚油门，差点撞上保安。

"小冯，你回酒店了吗？嗯，有个急事，你马上去郊县租套别墅，对，郊县，越远越好，要独栋，不要联排，嗯，现在就去，越快越好。"

车行了好一会儿，何畏才开口说话："这么点时间，能找到吗？"

"他比你可靠。"

何畏摇下车窗，让冷风灌进来，没吹几秒，罗宏瑞又将窗户关上了。

"我先跟你交底，这件事已经通天，超出了我的控制范围，不论付出多大的代价，都得把这个秘密捂住。"

"多大的代价，具体是多大？"

罗宏瑞沉默了半晌："你知道什么人最能保守秘密吗？"

道旁的树飞一般向后退去，就像时间机器运行时的波纹，何畏望着它们，心底想着如果回到从前，自己会不会怂恿周小亮自杀。

"都到这一步了吗？"

"你要是龙镇，知道曹洵亦还活着，能忍着不把这件事捅出去？一旦曝光，你们两个成诈骗犯也就算了，该罚款就罚款，该坐牢就坐牢，我沦为笑柄，我的公司完蛋，也不跟你们计较了。可上面的人怎么办？你绑架了他们的政治前途，让他们出了丑，他们会放过你们吗？会放过我吗？"

何畏委顿在安全带里，直不起腰："这是最坏的结果，可现在还不一定吧。如果我是龙镇，肯定第一时间就曝光了。可是你看，网上到现在都还没有动静，那个人肯定不是他。"

"他现在还没有发难，要么是因为证据不充分，不敢轻举妄动；要么，他在等一个更好的时机，等我们起的楼更高，请的人更多的时候，再挖断我们的地基。如果是前者，那我们还有机会，如果是后者，想象一下吧。"

何畏很清楚，罗宏瑞说的是对的，现在没有退路了。

"你会杀人吗？"

"后备厢里有刀。"

曹洵亦还在继续解释："你单方面拆穿我，也许能报仇，但恢复不了地位。"

"我也是受害者，凭什么不能恢复？"

门铃又响了，急促而响亮，紧接着，是钥匙插进门锁的声音。

龙镇慌了，曹洵亦没有安慰他的意思，将他拽回地下室，推进了书柜。

"怎么又是这里？！"

"这里最安全，别出声，手机关掉。"他将柜门关严，又把画架挡在前面，蹲下身看了一眼，确定看不出异样，才镇定表情，放松身体，优哉游哉地泡起茶来。

回来的是何畏，身后跟着罗宏瑞，两个人在别墅里到处寻找，仿佛急着兑现藏宝图的海盗，不一会儿，就找到画室来了。

"人已经走了。"

何畏和罗宏瑞互相看了一眼："谁走了？"

"龙镇啊，你们不是在找他吗？"曹洵亦往三个茶碗里各倒些茶水，"喝茶。"

他身上散发出的平静，何畏还是第一次见："龙镇没看见你？"

"看见了，还跟我聊了半天。"

何畏急得跳脚："你疯了吗？他看见你了，你还让他走？！大哥，都什么时候了，你还搞不清楚状况？！完了，完了，全完了！"

罗宏瑞端起茶碗喝了一口："他给你拍照没有？"

"没有，除非他藏了摄像头。"

何畏盯着手机，大拇指和屏幕之间都要擦出火来："你跟他说什么了？他是不是要曝光我们？！啊？他是不是要去找记者？"

"他是这么打算的，别慌，我已经说服他了。"

罗宏瑞又喝了一碗茶："你怎么说的？"

"我告诉他，曝光我们，只会产生两种结果：一种是，我们成了骗子，他成了被骗子算计的受害者，这是他希望看到的；另一种是，我们和他都成了骗子，因为他对我的羞辱是这个骗局里最关键的一环。"曹洵亦提高音量，以便让书柜里的龙镇也听清楚，"他羞辱了我，带动全网对我施加网络暴力，我才能顺理成章地自杀，羞辱我的主动权完全在他手里。这么大一个骗局，完全建立在外人的意志上，谁信呢？我跟他说了，如果他曝光我们，我们就说他是同伙，现在反水，是因为分赃不均。这是一个无法自证的阴谋论，他身上的污点不洗干净，想恢复名望，绝不可能。"

何畏笑了起来："可以呀，你平时闷声不响的，还有两把刷子。"

罗宏瑞低着头把玩手里的空茶碗："这个说法没什么问题，但他能离开，你能放心，肯定还有别的条件吧？"

"什么条件？"

"谈合作的时候，共同利益比相互威胁可靠，没点好处，就不怕他鱼死网破？即便你不懂这个道理，龙镇是老狐狸了，他会不提？"

曹洵亦点点头："我跟他说了，他是我们的同伙，基金会他也有份。"

"分多少？"

曹洵亦略一迟疑："10%……会不会太多了？"

"还行，以现在的状况来看，15%以内我都可以接受。"

何畏叹了口气："得，蛋糕又切出去一块。"

"总比掀桌子强。"罗宏瑞找何畏要了一支烟，点燃，吸了一口，吐出一段悠长的白烟，透过白烟，他注视着曹洵亦。

曹洵亦避开对方的目光，伸手扇了扇烟雾："你们出去聊吧，我还得画画。"

离了曹洵亦的画室，罗宏瑞同何畏到阳台边抽烟，他只抽了不到三分之一，便任由香烟在指间燃烧，直到熄灭。

"他说的话，你相信吗？"

何畏愕然："我觉得挺有道理，龙镇不会意气用事，跟我们合作的确比跟我们为敌更划算。"

"我只见过他两次，对他的了解肯定不如你。但我这辈子见过很多人，内向的，外向的，虚伪的，老实的，基本上光看面相，我就能猜出成色。你告诉我，他是个很有主见的人吗？"

"不是。不过吧，在画画这件事上，他挺固执。"

"那像今天这样，在画画之外胸有成竹，侃侃而谈，还不跟你商量，独自解决一桩危机的情况，有过吗？"

何畏想起一些事情：曹洵亦总觉得自己配不上苏青；曹洵亦被房东赶了出来；曹洵亦要不到代笔费还被打肿了眼睛；曹洵亦情绪失控，把《噪声》忘在现场……够了，真的够了——"没有，从来没有过。"

"好吧，他撒谎了。"

第十五章

通　感

　　天上的云落下来了，他们就用泥土将它掩埋。诗集的扉页上写了这行字，不知是谁的手笔。

　　夜深了，龙镇在书柜里面，曹洵亦在书柜外面，两个人不说话，只用手机联络。

　　"媒体不用太多，一两家有公信力的就行。"

　　"新鸟网？"

　　"可以，挺黑色幽默。"

　　"先说好，你们开始搞的那些，你弟弟自杀、伪造身份之类的，我没参与，也不知情。"

　　"只要你在拍卖前保持沉默，我保证你不会坐牢。"

　　"你要是进去了，你弟弟的孩子怎么办？"

　　"他还有个奶奶。"

　　"你再去看看，我不能一直躲在这里，哪怕让我换个地方呢？"

　　曹洵亦正要起身去客厅，罗宏瑞与何畏进来了。

　　"曹老师，我们聊会儿。"

　　曹洵亦朝楼上指了指："去客厅吧。"

罗宏瑞摇头说:"就在这里,这里是你的画室,我想好好感受一下。"

曹洵亦将沙发清理干净,给他们腾出地方,再把椅子拖过来,坐到他面前。

"聊什么?"

"游戏已经越玩越大,玩家也越来越多,你当初入局是不想输,现在已经是输不起,对更上面的人物来说,是不能输,这当中的利害关系,你明白吗?"

"我明白。"

何畏的视线与曹洵亦相交了一瞬,又移向地面。

"历史上,文人跟商人或者政客作对的故事很多,我还记得几个。古希腊有个哲学家叫第欧根尼[1],有一次,亚历山大去看他,走到他跟前,问他有什么愿望,第欧根尼说,我希望你闪到一边去,不要挡着我晒太阳。亚历山大后来说,我如果不是亚历山大,我愿意是第欧根尼。再有一个,德国作曲家雷格[2]的故事,有一个市长,想让儿子学钢琴,就去请教雷格,说钢琴上得摆一个音乐家的雕像,你说是摆莫扎特好,还是贝多芬好?雷格说,贝多芬吧,他是聋子!"

听到第二个故事,曹洵亦勉强笑了出来。

罗宏瑞也笑了几声:"我第一次听到这些故事的时候,也觉得特别幽默,文人特别有种。现在我成熟了,越来越疑惑,文人为什么非要跟人对着干呢?没有上面的人榨取民脂民膏,养着这帮画家,哪有这么多画传下来?"

---

1 约前5世纪—前4世纪古希腊哲学家,犬儒学派代表人物。——编者注
2 19—20世纪德国作曲家,代表作有《莫扎特主题变奏与赋格》。——编者注

曹洵亦不置可否。

何畏说："对，我之前也说，艺术是闲出来的。闲嘛，就得财务自由，就得多挣钱，不要总跟钱过不去。"

"我说这些，是希望你安心跟我们合作，即便我知道了魔术的原理，我也不会戳穿它，因为我不是观众，我是你的助手，明白吗？"

曹洵亦点点头。

何畏站了起来，走到书柜前，拿起柜子上的诗集，曹洵亦转头望着他，生怕他把柜子打开——还好，他的注意力都在书上。

"另外，你对龙镇的处理很明智，也很果断，除了用利益让他闭嘴，我也没别的办法。"

何畏放下书，盯着曹洵亦："所以，你就专心画画，这两天也别出门了，你要真想出门，我们找医生给你整容，整完了，去哪儿都行。"他停顿了一下，"另外，你能不能把手机交给我？"

曹洵亦没来得及回答，甚至没有说出一个字，就听见了自己的声音——"你们好，我是曹洵亦。"

"你长大了，自己做主吧。"

罗宏瑞又想起父亲的话。他非常清楚，自己之所以胜出，是因为他不但拿下了废城的大单，还搭上了严自立，又创了一个艺术家品牌，以新带旧，让便利店这个老气横秋的行当重焕青春。一连串操作下来，老头子服了气，自然不会再理会"遗老"们的聒噪。

换句话说，罗宏瑞的所有成绩都和曹洵亦有关，都建立在天才画家的盛名下——可天才偏偏还活着。

小冯说，别墅找到了，他没有问罗宏瑞找别墅的理由，即便是罗宏瑞自己，此时也有所怀疑，还有换地方的必要吗？

"你知道现在像什么吗？"

"像什么？"何畏坐在罗宏瑞旁边，与他相隔一尺。

"像拆炸弹，有一条蓝色的线，还有一条红色的线，剪对了，相安无事；剪错了，全都得死。"

"有这么严重？我们只知道他说了谎，并不知道他为什么要说谎，连他在隐瞒什么，我们都不知道。"

"你还想知道炸药的成分？我们不需要知道他在隐瞒什么。他说谎了，他不可靠了，他的心思跟我们不在一起了，这就够了！"

何畏按着自己的太阳穴："好，就算他说谎了，然后呢，你想怎么办？"

罗宏瑞朝他靠近了一些："能怎么办？画的数量够了，你也能模仿，他又是个被注销身份的人，把他——"

"不行！"何畏偏头望着罗宏瑞的脸，"都不知道他要干什么，就要杀人？你反应过激了！他是我的朋友。"

"只有死人能保守秘密。"

"我以为你说的是龙镇。"

罗宏瑞露出不可思议的表情："我的天，你想什么呢？你们之所以到现在还没出岔子，就是因为没做任何出格的事情。龙镇是名人，不管你是弄死他，还是囚禁他，他一失踪，得是多大的动静？得有多少警察来找他？现在到处都是监控，找到这里还不容易？相比之下，曹洵亦是一个实际上已经死了的人，他再死一次，根本没人在意！"

"谁说的？曹洵亦现在就是周小亮，周小亮的妈还在跟他联系。"

"那个人不是得了癌症吗？医院有档案吧？他妈去报警，警察只要查到医院，立刻就会结案，得了绝症的人失踪太正常了。"

"不行！不行！不行！你说的这些根本不可控，你不能用风险解决风险！"

"那你说怎么办？"

何畏沉默了一会儿："把他的手机没收了，锁起来，你再找个医生给他整容，然后送他出国。"

"你知道一个整容医生要带多少人吗？护士、助手、麻醉师，这不是风险？"

"我会收买他们。"

"他们能收买，周小亮的妈不能收买？周小亮的妈可只有一个！"

何畏站了起来，居高临下地看着罗宏瑞："不行，我说不行就是不行，无凭无据，不能杀人！"

罗宏瑞瞪着何畏，瞪了好一会儿，但这一次，何畏没有退缩。

罗宏瑞长叹一口气："那我们跟他好好谈一次，现在的情况、上面的压力，还有龙镇的事情，全都说清楚。"

"嗯。"

"希望他是个通情达理的人吧。"

动物不分善恶，因为它们的每一个抉择都关乎生死。

何畏不记得这句话是谁说的了，当初特意记下，只是为了嘲笑曹洵亦的妇人之仁。现在他试图用它形容此刻的处境，试图弄清楚，自己究竟是人还是动物。

　　该想的，他早就想过了。从一开始，他的出发点就和曹洵亦不一样，他们一个为名利，一个为艺术。挣了钱，他把过去没享受的全享受了一遍，身份、地位、别墅、跑车，还有女人，各种各样的女人，在她们的身体里发泄他的性欲。而曹洵亦呢，他是一个苦行僧，没有欲望，只有自我。在他眼里，财富、情感、幸福，或者痛苦，都只是创作的材料，就像厨师面对兔子，兔子再可爱，他也可以拎起它放血。

　　曹洵亦是一个不可控的因素，何畏比谁都清楚。

　　"我说这些，是希望你安心跟我们合作，即便我现在知道了魔术的原理，我也不会戳穿它，因为我不是观众，我是你的助手，明白吗？"

　　罗宏瑞的语气里透着哀求，何畏觉得好笑，又觉得可悲。他起身走到书柜前，拿起柜子上的书，顺手打开折过的那一页，是一首诗：

　　　　遥远，或者深渊，
　　　　一种荒谬的执念。
　　　　游侠，或者诗人，
　　　　穿梭于枪炮和瘟疫之间。
　　　　没有尽头，
　　　　也不会有助威的鼓点，
　　　　决斗，决斗，
　　　　与所有的恶龙决斗，
　　　　呐喊，呐喊，

在群星熄灭的夜晚。

我不为国王，

抑或传世的诗篇，

只为行将枯萎的玫瑰，

和你明媚的双眼。

何畏心里不安起来，他不确定诗的意思，不确定要不要和曹洵亦对质，即便他迫切地需要一个答案。

"所以，你就专心画画，这两天也别出门了，你要真想出门，我们找医生给你整容，整完了，去哪儿都行。另外，你能不能把手机交给我？"

他没有等到曹洵亦的回答，手机振动了，是一条消息，内容是一个视频，他点开了它。

"你们好，我是曹洵亦。"

何畏看见曹洵亦的脸色变了——惨白，就像干净的画布。他试图站起来，却被身后的罗宏瑞按住了。

何畏低头看着手机——是偷拍视角，就在这个房间，曹洵亦侧身对着镜头。

"我知道你们现在很困惑，也可能很愤怒，有的人还会发笑，觉得我是骗子，在这里假扮英年早逝的画家。是的，没有错，我确实在假扮他，但不是你们所想的那样，我是曹洵亦本人，我从来没有自杀，我还活着。"

"为什么？为什么啊！"何畏吼了出来，盖过了视频的声音，"为什么？！你为什么要这么做？为什么！！！"他连续发问，伴随不受控制的眼泪。

罗宏瑞将曹洵亦按在沙发上，狠狠地给了他一个耳光。稍作停歇后，暴风骤雨一般，一拳又一拳地打在他的身上。曹洵亦一面抵挡，一面大喊："龙镇，谁让你提前发出来的？！你着什么急啊？问你话呢！你——"

何畏听出曹洵亦真的在对龙镇喊话，他又看了一眼视频，确认了拍摄的视角——他弯下腰，打开了书柜的门。

何畏的脑子里嗡嗡作响，心脏也越跳越快。他使劲挤着洗面奶，挤了好大一坨，往脸上搓了十几分钟，搓到脸生疼，才用水冲掉，又盯着自己的头发出神——他害怕，害怕失去那顶遮丑的冠冕。

他走回客厅，罗宏瑞和龙镇还在桌边说话，龙镇手里捧着一个马克杯，像一头受到惊吓的骡子。

"听了你说的那些话，我明白了。曹洵亦不是画家，他是底牌，大人物都在他身上押注了，我跳出来抓赌，就是活腻了。"

罗宏瑞笑了笑："是，你是明白人。"

"罗总，现在我也入局了，可以跟我说说股权结构吗？我还欠着一大笔债呢。"

"我就喜欢你这么直接的人。"

何畏不想听他们说这些："你们聊，我去跟他说两句。"

地下室里，画架倒了，颜料撒了一地，是刚才争斗留下的痕迹，他们费了好大的力气，才将曹洵亦制服。

何畏坐到他面前，身子前倾，盯着他的眼睛，看了好一会儿，才开口说话："我有很多问题想问你，但又觉得没必要了，问多了也是自寻烦恼，烦恼多了，头发掉得快。"

"我也不想回答。"

"你是我最好的朋友，我为你做了那么多，用尽了一切办法，就是想让你成为一个伟大的画家，让所有人欣赏你的作品，你为什么就不珍惜呢？"

　　曹洵亦没说话，只是低头看何畏的影子。

　　"我真心实意觉得你画得好，哪怕我贪财、我好色、我虚荣，我是个骗子，但对你才华的欣赏和崇拜，没有半点虚假。"

　　曹洵亦抬头看了何畏一眼——很轻蔑。

　　"我知道你不相信我，就像我现在也不相信你。你不该说谎，我早跟你说了，不要对抗食物链，不要做你不擅长的事情。亏得我……"何畏哽咽了一下，"亏得我一直帮你说话，一直！我这一晚上都在帮你说话！他要你死，你知不知道？是我把他拦下来的！为什么？因为我相信！我到最后一秒钟都还相信你！！哪怕你惹了那么多麻烦，我都还相信你！！！"

　　曹洵亦冷冷地说："我死了，谁来画画？你吗？"

　　何畏从桌子上拿下指套——那是周小亮的指纹。"我累了，我也画不好，你不要伟大画家的头衔，总有人要的。在网上，模仿你风格的画手很多，我们收编一个进来，很难吗？"

　　"你还要用枪手侮辱我。"

　　何畏笑了："都这时候了，你惦记的还是你的作品。在你眼里，你的作品比我们的身家性命还重要。"

　　"就算画得不好，我也要保护它们。"

　　"这些画是你的作品，但你是我的作品。我也保护过你，竭尽全力地保护。"何畏站起来，拍了拍曹洵亦的肩膀，"再见了，画家。"

"所以，周大凤的诉求是钱和孩子，而且她知道周小亮已经死了。"

龙镇点点头："是的。"

"很好，你把唯一的风险也解除了。"

"我毕竟也是股东，该有点贡献。"

罗宏瑞脸上又浮起弥勒佛般的微笑："这点贡献还不够。"

"你还要什么？"

"我要一个把柄，或者专业一点的说法，要一个投名状。"

"我不明白。"

"你明白的，你一定明白，你看，你现在掌握了我们的秘密，我们却没有你的秘密，我们凭什么相信你？万一哪天，你心血来潮把我们出卖了，我们怎么办呢？"

"你是说，要一个我的秘密？"

"是的。"

"我没什么秘密，年轻的时候，睡过几个女画家，算吗？"

罗宏瑞掏出口袋里的刀，推到龙镇面前："过去的秘密，我没兴趣，你得制造一个新的。"

龙镇垂眼看着刀刃："怎么算新的？"

"你现在到地下室去，把曹洵亦杀了。"

"不不不，这种事我做不来！真的，我做不来！"

"行啊，你不动手，我就自己动手，然后这个局就没你什么事了，你自己想办法慢慢还债吧。"

龙镇急了："你不怕我曝光你们，我可以把视频发给何畏，也能发给媒体！"

"你曝光我们，我就说，你是我们的同伙，因为分赃不均，我们把你踢出局，你就反水了，有证据吗？有，曹洵亦把《噪声》留给你了，你又公开修复，想独吞拍卖款，我们只好出奇招，证实它是赝品，你恼羞成怒，于是——怎么样？像那么回事吧，这波舆论攻势，你打算怎么反驳呢？"

龙镇说不出话了，他痛苦地闭上眼睛，又缓缓睁开，把手伸向刀把，刚碰到，又缩了回去。

"别怕，这刀是我雕刻用的，七八年了，特别趁手，很好发力。"罗宏瑞没说谎，这是他用得最久的一把刀，他用它雕刻木头、冰块、石头，也雕刻金属，不论这些东西多么坚硬、多么冰冷，都会被他驯服成他想要的模样。

龙镇拿着刀进来了，曹洵亦叹了一口气，他看向何畏，对方却没有看他。

何畏背转身，向门口走去。

"何畏。"曹洵亦叫了他，"何畏，你过来。"

何畏没有回头："你说吧。"

"有几件事，你帮我办一下。"

"你说。"

"第一，你把小河还给他奶奶，叫她好好养他，送他读最好的学校。"

何畏点头。

"第二，我的钱，一部分给周小河，一部分给福利院，一部分单独给老唐，还有一部分，就捐给美术学院吧，具体的比例，你看着办。"

何畏又点头。

"第三，书柜上有一沓纸，你帮我寄给欧阳池墨。"

"谁？"

"福利院的那个姑娘，展览的时候她也来了，唱了一首歌。"

何畏警惕起来："你跟她什么关系？"

"没关系。"

何畏在书柜上找了找，果然找到一沓纸："这是什么？密码？"

"你要是不放心，可以用任何你想得到的手段去检测。"

"有地址吗？"

"没有。"

"那我怎么寄？"

"你这么聪明，找个人很难吗？"

"好，我答应你。"

曹洵亦苦笑："这是我的遗愿，你少做一样，我都会来找你。"

何畏没理会他的诅咒，走出了地下室的门，然后将门带上。他想往上走，却突然没了力气。这道阶梯仿佛通往人间一样，难以攀爬。他靠着墙，脑海里闪过好些往事。

他推荐曹洵亦上龙镇的节目，收了两万元介绍费，他拿出一万元给了汪海，让老东西夸一夸曹洵亦，没想到中了节目组的下怀。

他叫周小亮夜里在小区转转，让岗亭的人看到，以证明曹洵亦的精神状态不好，早有寻死的征兆。

他跟周小亮说，你师父已经教会你一件事了——为了女儿，他敢拿命骗保险金，你就不敢吗？

他一直坚信，他是狐狸，只有行骗可以拯救自己。

隔着地下室的门，何畏听见里面传出了声音——那是绝望的低吼，也是失望的叹息。

他闭上眼睛，看见一头鲸正在坠向海底，它身下的伤口不断涌出鲜血，喂养了整片大海。

撤下供奉祖先的碗筷之后，陈兴国又放了四双筷子，等待即将到来的客人。周大凤坐在一边，垂下的头发遮住了头顶的伤口，她盯着那四双筷子，知道其中一双是多余的。

他们坐了半小时，直到听见有人来了，才终于活过来，陈兴国抢先跑去迎接，周大凤落在后面，声音发颤地喊：“小河！小河！”

龙镇将孩子交到周大凤手里，孩子被震醒，哭哭啼啼，声音搅得他头痛。

“来来来，进来吃饭。”陈兴国拽着龙镇往屋里走，一面打量他的挎包。

屁股刚挨到凳子的边，龙镇就看见桌上有一盘血红的猪头肉，他立刻腹内翻滚，起身便吐，喝了一大碗水，才稍微缓和下来。

“饭就不吃了，我不太舒服。”

“行，听你的。”陈兴国将盘子收到桌角，直勾勾地盯着龙镇，“钱呢？”

龙镇将挎包放到桌上，扯开拉链，拽出两个大包：“一人一包。”

陈兴国将手伸进钞票之间，两眼放光：“这比原先说的多啊！”

“事情办得好，有额外奖励。”龙镇看着周大凤，后者摇晃着怀里的孩子，“孩子还给你了，钱也到位了，以后就不要联系了。”

陈兴国忙不迭地回答："懂，你放心。"

周大凤也点点头。

龙镇又坐了几分钟，扯了会儿闲天，看礼数已到，便起身告辞。刚出门没几步，周大凤抱着孩子追上来了，还拎了大包小包。

"龙老师，你开车来的？"

"是。"

"回城里？"

"是。"

"能送送我吗？我也进城。"

龙镇不便推辞，只好点头应允："行。走亲戚？"

"进城租房子，不在这儿住了。"

"也好，这些钱够你们两个过了，就你们两个吧？"

"就我跟小河。"

"很好。"

两人一路无话，下到公路边，龙镇开了后备厢，帮周大凤放行李。

"不用带这么多，城里都能买到。"

"用惯了，舍不得。"

"曹洵亦你也别联系了，我跟他讲清楚了。"

"我是讲理的人，他把小河还我，给我养老的钱，也就行了。"

"你坐后排吧，好照看孩子。"

"嗯，好。"

周大凤上了车，关了车门，龙镇正要盖上后备厢，一眼瞥到角落的冷藏箱，心里忽然有些不安。他打开箱子，里面是一整箱的冰块，冰块中间有一个保鲜袋，他见袋子里的东西还在，这才又放心了——那是他趁人不注意，从曹洵亦身上切下的手指。

他觉得自己理应得到更多。

"化妆师！化妆师！这边要补妆！"

"过道让开、让开！"

"谁把粉丝带进来的！轰出去！"

"伴舞三组准备了啊！"

欧阳池墨第一次到演唱会后台，虽然早有耳闻，还是被蜂巢般的繁忙所震撼。之前被骗子带到舞台见识，是以参观者的身份，舞台上空无一人，只觉得寂寞。

但此刻不一样，她是被邀请来的，作为演唱会的神秘嘉宾。就因为在曹洵亦的展览上唱了一首歌，电视台播出之后，她立刻红遍全网。唱片公司很快找上了门，签约合同、包装方案、经纪团队，一股脑全抛过来，令她措手不及。

现在没人理会她，就像过去一样，但欧阳池墨知道，文心已经唱了一小时，再过半小时，她会从舞台中央的机关升上去，面对所有的观众。

一个脖子上挂着耳机的人跑了过来："欧阳池墨，补妆！"

"哦，好！"自己的反应竟然跟学生一样青涩，欧阳池墨觉得有些可耻。

化妆师在她的头发上喷了发胶，又点了亮粉，欧阳池墨望着镜子里的自己，既陌生又惊喜，她面有红晕，不知是妆容所致，还是心中的喜悦难以自持。

她穿得和展览那天一样，经纪人说了，第一次正式亮相，要让观众有熟悉感。

"欧阳池墨，快递！"一个工作人员跑过来，递给她一个牛皮纸袋。

"谢谢。"

化妆师笑了笑："歌迷送的？"

欧阳池墨摇摇头："不知道。"

"肯定是啦，我有经验，打开看看？"

寄信人是"何先生"。纸袋摸起来一指厚，应该是什么文件，或许是另一份邀约。她撕开一个口子，果然摸到一沓纸，拉出一半，是五线谱。她有些纳闷，翻开，每一页都是五线谱。

化妆师低头看了一眼："哎哟，你的歌迷真有意思，送这么高级的礼物。"

是恶作剧吗？欧阳池墨伸进纸袋摸了一遍，除了这一沓五线谱之外，再无其他。她一页页看下去，没有音符，没有歌词，只是空白的五线谱，就像一个沉默的朋友，不肯透露自己的身份。

仿佛被电流击中一样，她突然想起他讲的故事，关于画家、音乐家，以及那份荒诞不经的感情——他把画纸全部画成了五线谱，然后送给了她，还说那是他最满意的作品。

她把视线集中在五线谱的线条上，终于看清楚了——每一根线条都是画出来的，笔直无奇，间距分明，什么都没有表达，却已胜过千言万语。

欧阳池墨将脸贴近五线谱，闻到了颜料的气息。一定是他，只有他会给我画五线谱！他什么时候画的？为什么现在才寄给我？噢，一定是没有地址，他的家人找不到我吧？

"哎呀，你不要哭啦，妆会花的！"

"噢，对不起，对不起。"欧阳池墨往自己脸上扇了扇风，冲镜子挤出笑容。

导播跑过来了："欧阳池墨，上场啦！"

她的手被导播紧紧地抓着，过道上的人向两边闪开，像被劈开的红海。

她肩上挂着吉他，手里抓着五线谱，她想好了，她要拿着这沓纸上台，要和他一起唱那首歌，要给观众讲她和他的故事。

她被导播带到了升降台处："站在这里，深呼吸。"

她深深地吸了一口气，又缓缓地吐出。

"这边有镜子，可以练习一下表情。加油！"

"嗯！加油！"

导播走了，她低头在五线谱上留下一个唇印，作为迟到的回答。

她问："下一首什么时候唱？"

他说："当我吻你之后。"

她望向镜子，镜子里映出她的模样，吉他上缠着红布，外套是卡其色，衬衣是墨绿色和黑色相间，牛仔裤是海军蓝，五线谱是——

她发现了一件奇怪的事情——第一页五线谱的线条是红色，第二页的线条是卡其色，第三页是墨绿色，第四页是黑色，第五页是海军蓝，然后，红色、卡其色、墨绿色、黑色、海军蓝……循环，再循环。

平台上升，前奏响起，观众欢呼起来。

她两腿有些发软，不确定是因为紧张，还是别的。

头顶洒下了光，五彩斑斓，提醒那里是她渴望太久的舞台。

"有个词叫通感，我理解的是，艺术都是相通的，绘画有节奏，音乐也有颜色。"

五线谱的颜色和她在展览上穿的衣服颜色一模一样，她可以肯定，曹洵亦没见过她穿这套衣服，是巧合吗？怎么可能这么巧合？所以，他看见她了？在展览上？他不断重复我的颜色，是在呼喊我的名字吗？

"这是一首献给伟大画家的歌。"舞台上，文心正在为她串场。

他其实没有死？他欺骗了所有人？如果他是一个骗子，这首歌算什么？她又算什么？

欧阳池墨听到了全场的欢呼，应该唱第一句了，她没有开口。

文心替她唱了起来。

嘿，有两个地方我还不曾抵达。
一个是月球背后，
一个是你心灵的最深处啊。

他为什么要这么做？为了出名？为了报复？为了他不配得到的一切？

她听见观众的声音了，他们都在跟着唱。

为什么脚步匆忙，
不肯回头，
不肯留在我的身旁。

他们爱我，他们爱曹洵亦。可是，如果他们知道曹洵亦还活着，如果他们知道自己被耍了，会发生什么？眼前的这些还属于我吗？我会成为骗局中的一环吗？

欧阳池墨站到了舞台上，观众挥舞着荧光棒，呼喊着她的名字。

> 流言，呐喊，还有荒唐，
> 每个人都在我的身边喧哗。

她摇了摇头，不再问，也不再想。她松开了手，五线谱片片飞落，落到无人知晓的地方，如同飞舞的雪花。

她握紧话筒，汇入全场的歌声中。

> 渴望，未来，还有梦啊，
> 从你的尸体上长出新的枝丫。

尾　声

这是一个寻常的早晨，阳光照在每个人的身上，温暖，又充满生机。

你站在一把黑色的遮阳伞下，看穿着精致的客人吃完了饼干，喝光了咖啡，香气渐渐散去，你感到有些失望。

一片云从天边飘过来，投下巨大的影子，你踩着影子往前走，路过花店，路过车站，路过在十字路口等待的人群，路过每一双对你视而不见的眼睛。

你追着云跑，经过一处道路错综的花园，到了你此行的目的地。常有身份高贵的人在此相聚，他们交流不知从哪儿打听来的讯息，或者为了表现美学上的修为，或者单纯为了投机。他们当然看不见你，哪怕你撞了他们的肩膀，他们也不会拿正眼瞧你。

你穿过冗长的走廊，没有登记，也没有向任何人申请，你第一次来，却又觉得格外熟悉。

大厅里正在举行一场盛大的活动，所有人都为它而来，所有人都为它耐心等待，即便中途会睡着，当锤子敲响，他们也会振奋精神，也会延展勃起的触角。

你没有坐下，这里没有你的座位。你站在最后一排，伸长了脖子，像欣赏斩刑的看客。

他们开始叫喊，不吝任何赞美的词汇，米白色的画布，血红色的走笔，隐约涂抹出一片人形，就像曾经包裹了尸体。

他们开始叫价，两千万、三千万、四千万、五千万……满面红光，每一个人都沉迷于这场游戏。

你看着他们，渐渐忘记了自己的名字，因为它已不再属于你。